월 드 클 래 식 라 이 팅 북

필사의 힘

헤밍웨이처럼【노인과 바다 따라쓰기】

20___년 ___월 _____필사하다

월 드 클 래 식 라 이 팅 북

필사의 힘

헤밍웨이처럼【노인과 바다 따라쓰기】

미르북
컴퍼니

어니스트 헤밍웨이의 《노인과 바다》를 따라쓰며
삶의 역경을 지혜롭게 뛰어넘는 사람으로 거듭나기를

우리의 삶은 지나칠 정도로 바쁘고

끊임없이 무엇인가를 결정해야만 합니다.

그 분주함과 선택의 순간은 결코 우리가 원한 것이 아닙니다.

그렇게 우리는 스스로의 삶을 주도하기 힘든 사회적 분위기 속에서

살아가고 있습니다.

지치고 힘들어야 제대로 살고 있다고 평가받는

비정상적인 시스템은 쉽게 달라지지 않을 것입니다.

언젠가부터 '힐링'이라는 단어가 주목받기 시작했습니다.

잠시 달리기를 멈추고 우리가 지나온 과정을 되돌아볼 시간이

필요해진 거죠.

지금 당장 힐링이 필요한가요.

서두를 필요는 없습니다.

여유롭게 거리를 거닐며 눈에 보이는 것들에

관심을 기울이는 것도 좋을 듯합니다.

산책으로 몸의 호흡을 되찾았다면

책으로 마음의 호흡을 되찾아 보는 건 어떨까요.

오랜만에 책상 앞에 앉아 책을 펼쳐 보는 기분이란!

생각했던 것보다 훨씬 더 좋은 느낌이 들 거예요.

《노인과 바다》는 절제된 문장으로 한 노인의 실존적 투쟁과

불굴의 의지를 강렬하게 담아낸 수작입니다.

또 개인주의와 허무주의를 극복하기 위해 애쓰고

인간과 자연을 긍정적으로 바라본 역작이기도 하죠.

《노인과 바다》에 대한 지식은 이 정도면 충분합니다.

따라쓰면 자연스레 읽게 되니까요.

그럼 이제 연필이나 펜을 살며시 손에 쥐어 볼까요.

누구나 헤밍웨이가 될 수 있습니다.

다 쓰고 나면 우리의 삶은 풍요롭고 축복받은 삶이라는 걸

비로소 깨닫게 될 것입니다.

우리에게 주어진 모든 나날이

단 하루도 예외 없이 가치 있고 소중하다고 생각할 거예요.

《노인과 바다》 따라쓰기를 통해 차분하게 마음을 힐링해 봐요.

이렇게 따라써 보세요

눈으로 읽고 손으로 한 글자 한 글자 또박또박 써 내려 갑니다. 문장을 천천히 음미하면서 읽어 보세요. 그리고 자신이 헤밍웨이가 되었다고 생각하고 천천히 따라서 써 보세요. 노인과 바다를 따라쓰기 하며 자신의 내면과 만나는 순간 내가 어떤 삶을 살고 있는지, 그 오랜 고민에 대한 답을 조금이나마 얻게 될지도 모릅니다. 지금 바로 한 페이지를 채워 보세요. 필사의 힘을 온몸으로 느끼실 수 있습니다. 따라쓰시다가 무척 마음에 드는 문구가 나오면 밑줄을 그어도 좋습니다.

"아니야, 저렇게 쉴 리가 없어."
노인이 말했다.

물고기는 실제로 그림자만큼이나 컸다. 마침내 물고기는 빙빙 돌기를 멈추고 배에서 겨우 삼십 미터 떨어진 물 위로 떠올랐다. 그때 노인은 물 밖으로 나온 물고기의 꼬리를 보았다. 그것은 큰 낫의 날보다도 더 길고 뾰족했다. 검푸른 물속에 비친 물고기의 몸은 연보라색으로 보였다. 꼬리는 뒤로 비스듬히 기울어져 있었다. 물고기가 해면 바로 아래에서 헤엄치기 시작하자 비로소 노인의 눈에 거대한 몸집과 자줏빛 줄무늬가 보였다. 등지느러미는 누워 있었고, 커다란 가슴지느러미는 펴져 있었다.

그때야 노인은 물고기의 눈을 볼 수 있었다. 그리고 그 물고기의 주위를 헤엄치는 회색 빨판상어 두 마리도 보았다. 두 마리의 상어는 그 물고기 곁에 다가갔다가 떨어지기를 반복했다. 때로는 큰 물고기의 아래에서 유유히 헤엄을 치기도 했다. 두 마리 모두 몸길이가 일 미터 이상일 것 같았다. 상어들은 빨리 헤엄칠 때 몸 전체를 뱀장어처럼 세차게 움직였다.

노인은 땀을 흘렸다. 그것은 버던 햇볕이 뜨거워서만은 아니었다. 물고기가 조용히 차분하게 돌 때마다 노인은 줄을 잡아당겨

"네, 잊지 않고 꼭 말할게요."

소년은 문 밖으로 나왔다. 그리고 닳아빠진 산호초 길을 내려가면서 또다시 엉엉 울음을 터뜨렸다.

그날 오후, 테라스에는 관광단 일행이 도착했다. 빈 맥주 깡통과 죽은 물고기 모치꾸이가 흩어진 사이로 바다가 내려다보였다. 그들 중에 바다를 보고 있던 한 부인의 눈에 무엇인가가 띄었다. 항구 바닥쪽에서 동풍이 불어 쉴 새 없이 심한 파도일 일었는데, 그때마다 조류에 밀려 떠올랐다 흔들렸다 하는 거대한 꼬리가 달린, 엄청나게 길고 흰 뼈대가 본 것이다.

"저것은 뭐예요?"

그녀가 웨이터에게 물었다. 그녀는 손끝으로 이제 조류에 밀려 나가기만을 기다리고 있는, 쓰레기에 지나지 않는 커다란 물고기의 긴 등뼈를 가리키고 있었다.

"티뷰론(Tiburon), '상어'라는 뜻의 스페인어. 크고 사나운 상어를 가리킨_옮긴이)입니다."

웨이터가 말했다.

"상어의 일종이죠."

웨이터는 그동안 이 해변에서 일어났던 일을 설명하려 했다. 그

"아니야, 저렇게 쉴 리가 없어."
노인이 말했다.
물고기는 실제로 그림자만큼이나 컸다. 마침내 물고기는 빙빙돌기를 멈추고, 배에서 겨우 삼십미터 떨어진 물 위로 떠올랐다.
그때 노인은 물 밖으로 나온 물고기의 꼬리를 보았다. 그것은 큰 낫의 날보다도 더 길고 뾰족했다. 검푸른 물속에 비친 물고기의 몸은 연보라색으로 보였다. 꼬리는 뒤로 비스듬히 기울어져 있었다. 물고기가 해면 바로 아래에서 헤엄치기 시작하자 비로소 노인의 눈에 거대한 몸집과 자줏빛 줄무늬가 보였다. 등지느러미는 누워 있었고 커다란 가슴지느러미는 펴져 있었다.
그제야 노인은 물고기의 눈을 볼 수 있었다.

"네, 잊지 않고 꼭 말할게요."
소년은 문 밖으로 나왔다. 그리고 닳아빠진 산호초 길을 내려가면서 또다시 엉엉 울음을 터뜨렸다.
그날 오후, 테라스에는 관광단 일행이 도착했다. 빈 맥주 깡통과 죽은 물고기 꼬치꾸이가 흩어진 사이로 바다가 내려다보였다. 그들 중에 바다를 보고 있던 한 부인의 눈에 무엇인가가 띄었다. 항구 바닥쪽에서 동풍이 불어 쉴 새 없이 심한 파도가 일었는데, 그때마다 조류에 밀려 떠올랐다 흔들렸다 하는 거대한 꼬리가 달린, 엄청나게 길고 흰 뼈대가 보인 것이다.
"저것은 뭐예요?"
그녀가 웨이터에게 물었다. 그녀는 손끝으로 이제 조류에 밀려 나가기만을 기다리고 있는, 쓰레기에 지나지 않는 커다란 물고기의 긴 등뼈를 가리키고 있었다.
"티뷰론(Tiburon), '상어'라는 뜻의 스페인어. 크고 사나운 상어를 가리킨_옮긴이)입니다."
웨이터가 말했다.
"상어의 일종이죠."
웨이터는 그동안 이 해변에서 일어났던 일을 설명하려 했다.

권나현.

Q 따라 쓰기를 하면 글쓰기 능력이 향상되나요?

A 네. 그렇습니다. 전반적으로 글쓰기 능력이 향상됩니다. 따라 쓰기를 미술에 비유하자면 마치 화가 지망생이 명화를 따라 그리는 것과 같다고 생각하시면 됩니다. 뛰어난 문학 작품을 처음부터 끝까지 따라 쓰게 되면 글쓴이가 사용한 어휘, 문장 부호, 문체 그리고 이것들이 모여 이루어진 문장을 자연스레 익히게 됩니다. 그러므로 글쓰기에 대한 자신감은 물론이고 전체적인 내용을 구성하는 능력까지 키울 수 있게 됩니다.

Q 소설 전체를 따라 쓰는 것과 일부를 따라 쓰는 것 중 어떤 것이 더 효과적인가요?

A 이번에도 미술에 비유해 보겠습니다. 요하네스 베르메르의 〈진주 귀걸이를 한 소녀〉를 좋아하는 화가 지망생이 그림 전체가 아닌 그림 일부분만을 따라 그렸다고 상상해 보십시오. 이 그림이 수백 년 동안 사랑받고 있는 이유는 소녀의 눈망울이 몹시 매혹적이기 때문입니다. 하지만 그림 전체가 아니라 소녀의 눈만 그린다면 눈 아래의 오뚝한 코와 부드럽게 빛나는 붉은 입술은 볼 수 없을 테고 당연히 그림에서 깊은 감흥을 느낄 수 없습니다.

따라 쓰기도 마찬가지입니다. 소설 전체를 따라 써야 문장의 장단점을 파악해 장점을 극대화하고 단점을 걷어 낼 수 있습니다. 특정 단락의 문장이 뛰어나다고 해도 그것은 어디까지나 완성된 한 편의 작품 속에서 다른 단락들과 조화를 이루어야 더욱 빛나는 것입니다.

Q 따라 쓰기를 할 때 소설이 아니라 시를 선택해서 써도 되나요?

A 문학인을 지망하는 사람이 아니고 또 글쓰기 능력이 전반적으로 향상되는 것을 원한다면 시보다는 소설이 더 적절합니다. 시의 경우 소설에서는 잘 쓰지 않거나 허용되지 않는 기발하고 독특한 표현을 사용하는 빈도가 높기 때문입니다.

Q 어떤 분이 이르기를 따라 쓰기는 자신의 색깔을 잃을 수 있으니 지양해야 한다고 하는데 이 부분에 대해서 조언을 듣고 싶습니다.

A 뛰어난 문장가들의 문장을 따라 쓰다 보면 비슷한 유형의 문장을 자신의 글을 쓸 때에도 쓰게 되는 경우가 생길 수 있습니다. 하지만 그것은 짧은 시기에 불과할 뿐이고 끊임없이 글쓰기 연습과 독서를 병행하면 자신만 의 색깔을 찾을 수 있습니다.

Q 따라 쓰기를 하면 정말 마음이 가라앉고 힐링이 되나요?

A 컬러링북에 색깔을 채워 나가다 보면 마음이 고요해지고 그것에 더욱 몰 입할 수 있게 됩니다. 따라 쓰기도 마찬가지입니다. 다만 한 가지 더 좋은 점이 있다면 글쓰기 능력도 향상된다는 것입니다.

Q 작가가 되고 싶은데 어느 정도로 따라 쓰기를 해야 할까요?
하루에 얼마나 시간 투자를 하면 되는지 궁금합니다.

A 따라 쓰기는 순전히 각자의 역량에 맞춰 할 수 있는 작업입니다. 그러니 너무 지치지 않을 정도로 쓰는 게 좋습니다. 다만 하루도 빠짐없이, 5분이 라도 시간을 투자해서 매일 쓰는 것이 좋겠습니다. 이런저런 사정을 핑계 로 띄엄띄엄 쓴다면 곧 지루해지고 중간에 포기할 가능성이 높아집니다.

Q 한국 작품이 아니라 외국 작품의 번역물을 선택해도 상관없는 건가요?

A 우리가 외국 작품을 읽을 때 번역본을 읽는 것처럼, 따라 쓰기도 원문을 따라 쓰기 어렵다면 번역본을 따라 쓰는 것도 훌륭한 방법입니다. 다만 여러 개의 번역본을 비교해 보고, 쉽게 읽히거나 문체가 마음에 드는 번 역본을 선택하는 것이 좋습니다.

그는 멕시코 만류(북아메리카 대륙 동남 해안에 있는 커다란 멕시코 만에서 미국 연안까지 북상하고 동북으로 나아가 영국 제도 방면까지 이르는 난류_옮긴이)에 조각배를 띄우고 혼자 고기잡이를 하는 노인이었다. 노인은 팔십사 일 내내 물고기를 한 마리도 잡지 못했다. 처음 사십 일까지는 한 소년이 함께 있었다. 그러나 사십 일이 지나도록 물고기를 잡지 못하자, 소년의 부모는 노인이 이제 정말 살라오(Salao, '운이 없는 사람'을 뜻하는 스페인어_옮긴이)에 빠지고 말았다고 했다. 노인의 운이 다할 대로 다했다는 것이다. 소년은 부모가 시키는 대로 다른 배로 옮겼고, 그 배는 바다로 나간 첫 주에 큼직한 물고기를 세 마리나 잡았다.

　소년은 날마다 빈 배를 저으며 돌아오는 노인의 모습을 볼 때마다 가슴이 아팠다. 그래서 늘 물가로 내려가서 노인을 도와 사려 놓은 낚싯줄이나 갈고리와 작살, 돛대에 둘둘 만 돛 따위를 옮겼다. 밀가루 부대를 여기저기 덧대 붙인 돛은 둘둘 말려 있는 모양새가 영원한 패배의 깃발처럼 보였다.

　노인은 몸이 마르고 여위었으며 목덜미에 주름살이 깊게 패어 있었다. 두 볼에는 열대의 바다가 반사하는 햇빛으로 생긴 가벼운 피부암 때문에 갈색 반점이 곳곳에 나 있었다. 반점은 얼굴 양쪽

아래까지 쭉 번져 있었고, 양손에는 낚싯줄에 걸린 무거운 물고기를 상대하면서 생긴 깊은 흉터가 군데군데 나 있었다. 이 중에 새로 생긴 흉터는 하나도 없었다. 하나같이 물고기 씨가 말라 버린 사막의 침식지형처럼 오래된 것들이었다.

노인은 머리부터 발끝까지 다 늙어 버렸지만, 그의 두 눈만은 바다색과 꼭 닮아 활기와 불굴의 의지로 빛났다.

"산티아고 할아버지."

소년은 조각배를 끌어다 놓은 해안 기슭을 노인과 함께 올라가며 말했다.

"다시 할아버지와 고기잡이 나갈 수 있어요. 그간에 돈 좀 벌었거든요."

소년에게 물고기 잡는 법을 가르쳐 준 사람은 노인이었다. 그리고 소년은 노인을 사랑했다.

"아니다."

노인이 말했다.

"너는 운이 좋은 배를 타고 있어. 계속 그 배에 있거라."

"하지만 기억 안 나세요? 팔십칠 일 동안 한 마리도 못 잡다가 삼 주 내내 매일같이 큰 놈을 잡았잖아요."

"기억나고말고."

노인이 말했다.

"네가 날 믿지 못해 떠난 게 아니라는 것을 안다."

"아빠 때문에 떠난 거예요. 저는 아이니까 아빠 말을 따라야죠."

"알아."

노인이 말했다.

"아주 당연한 거지."

"아빠는 믿음이 별로 없어요."

"그래."

노인이 말했다.

"그렇지만 우리 사이엔 믿음이 있지. 안 그러니?"

"그럼요. 있고말고요."

소년이 말했다.

"제가 테라스에서 맥주를 사 드려도 될까요? 이건 나중에 나르고요."

"좋아."

노인이 말했다.

"같은 어부끼린데 안 될 것도 없지."

두 사람이 테라스에 자리를 잡자 어부들이 노인을 놀렸지만 노인은 화내지 않았다. 그중 나이 많은 어부들은 노인을 보고 서글퍼했다. 그러나 내색하지 않고 해류나 낚싯줄을 얼마나 깊이 내렸다든가, 아니면 연이은 좋은 날씨나 바다에서 본 이런저런 일을 점잖게 이야기했다. 그날 물고기를 많이 낚은 어부들은 벌써 돌아와서 청새치 배를 갈라 널빤지 두 장에 가로로 길게 올려놓고, 널빤지 양 끝에 두 사람씩 붙어 어류 창고로 옮겼다. 창고에서 아바나의 어시장으로 실어 갈 냉동 화물차를 기다리는 것이다. 상어를 잡은 어부들은 그것을 해안 맞은편에 있는 상어 처리 공장으로 가져갔다. 거기서 상어를 도르래 장치로 끌어올린 다음, 간을 빼내고 지느러미를 잘라 냈다. 그러고는 껍질을 벗기고 살은 가늘게 잘라 소금에 절였다.

　바람이 동쪽에서 불어올 때면 상어 처리 공장에서 나는 냄새가 항구 건너로 풍겨 왔다. 그런데 오늘은 바람이 북쪽으로 방향을 돌렸다가 잦아들어서인지 냄새가 희미하게 풍겨 올 뿐이었다. 그래서 테라스는 눈부신 햇살 아래 쾌적했다.

　"산티아고 할아버지."

　소년이 말했다.

"응."

노인이 대답했다. 그는 손에 맥주잔을 들고는 지난 세월을 회상하던 참이었다.

"내일 쓰실 정어리를 좀 가져다 드릴까요?"

"괜찮다. 가서 야구나 하려무나. 나는 아직 노를 저을 수 있고, 로헬리오가 그물을 던져 줄 거다."

"그래도 가져다 드리고 싶어요. 같이 물고기를 못 잡으니 어떻게든 도와드리고 싶은 거예요."

"맥주를 사 주지 않았니."

노인이 말했다.

"너도 벌써 어른이 다 됐구나."

"제가 할아버지 배를 처음 탔을 때가 몇 살이었죠?"

"다섯 살이었지. 그때 잡은 물고기가 어찌나 팔딱거리던지 하마터면 보트가 산산조각 나는 줄 알았지. 너는 거의 죽을 뻔하고. 기억나니?"

"그놈 꼬리가 배 이곳저곳을 철썩철썩 치고 때리던 것 하며 가로장이 부서지고 그놈을 몽둥이로 내리치던 소리까지 기억나요. 할아버지가 저를 젖은 낚싯줄 사리가 있는 뱃머리 쪽으로 던지셨

잖아요. 배 전체가 떨리는 듯했고 할아버지가 놈을 후려 패니 마치 나무를 내려찍는 소리가 나는데다가 들큼한 피 냄새도 물씬 풍겨 왔죠.”

“정말로 기억하고 있는 거니, 아니면 내 이야기를 들어 아는 거니?”

“저는 할아버지와 함께한 일은 처음부터 쭉 기억하는걸요.”

노인은 햇볕에 탄 눈에 애정과 신뢰를 담아 소년을 바라보았다.

“네가 내 자식이라면 데리고 나가 모험을 해 볼 텐데.”

노인이 말했다.

“그렇지만 너는 네 아버지와 어머니의 아들이고 운이 좋은 배를 타고 있으니…….”

“정어리를 구해 올까요? 미끼도 네 마리쯤 구할 만한 곳을 알고 있어요.”

“오늘 쓰고 남은 미끼가 있다. 소금에 절여 상자에 넣어 두었거든.”

“싱싱한 놈으로 네 마리 가져다 드릴게요.”

“하나면 돼.”

노인이 말했다. 그에게는 아직 희망과 자신감이 있었다. 게다

가 그 희망과 자신감은 산들바람이 불어올 때처럼 더욱 샘솟아 올랐다.

"두 마리는 어때요?"

소년이 받아쳤다.

"그럼 두 마리로."

노인이 동의했다.

"훔친 건 아니겠지?"

"훔치기라도 했을걸요."

소년이 말했다.

"그렇지만 그것은 제가 산 것이에요."

"고맙다."

노인이 말했다. 노인은 너무나 소박해서 언제부터 자신이 겸손해졌는지 따위는 생각하지 않았다. 어쨌든 자신이 겸손해졌다는 것을 깨달았고, 그것이 부끄러울 일도 아니며 진정한 자부심을 해칠 것도 전혀 없음을 알았다.

"이 정도 조류면 내일은 날씨가 좋겠는걸."

노인이 말했다.

"어디로 가실 거예요?"

소년이 물었다.

"멀리 나갔다가 바람의 방향이 바뀔 때 들어와야지. 동트기 전에 나갈 작정이다."

"주인아저씨더러 멀리 나가자고 해 볼게요."

소년이 말했다.

"할아버지가 정말 큰 놈을 낚으시면 우리 배가 도와드릴 수 있게요."

"그 사람은 너무 멀리 나가는 걸 좋아하지 않을 텐데."

"그래요."

소년이 말했다.

"그래도 새가 사냥하는 것을 봤다든지, 아저씨가 보지 못한 것을 봤다고 해서 만새기를 쫓아 멀리 나가게 해 보죠."

"그 사람이 그 정도로 눈이 나쁘니?"

"장님이나 마찬가지예요."

"이상하구나."

노인이 말했다.

"그 사람은 거북잡이를 한 적이 없는데. 거북잡이를 하면 눈을 망치거든."

"하지만 할아버지는 모스키티아 해안(중앙아메리카 온두라스 북동부 파투카 강에서부터 니카라과 동부 블루필드 호까지 이르는 해안_옮긴이)에서 몇 년씩이나 거북잡이를 하셨는데도 눈이 좋잖아요."

"나야 이상한 늙은이니까."

"그럼 엄청나게 큰 물고기가 걸려도 이겨 낼 힘이 아직 있으신가요?"

"그럴 게다. 게다가 이런저런 요령도 알고 있으니."

"이것들을 집으로 가져가요."

소년이 말했다.

"그래야 제가 투망을 가지고 정어리를 잡으러 가죠."

두 사람은 배에서 뱃기구들을 집어 들었다. 노인은 어깨에 돛대를 멨고, 소년은 단단히 꼰 갈색 낚싯줄 사리가 든 나무 상자와 갈고리, 작살 그리고 작살 자루를 날랐다. 미끼가 든 상자는 끌어올린 커다란 물고기를 제압하는 데 쓰는 몽둥이와 함께 뱃고물 밑창에 두었다. 노인의 물건을 훔칠 사람은 없을 테지만 돛과 굵은 낚싯줄은 밤이슬을 맞으면 상할 수 있으니 집으로 가져가는 것이 나았다. 노인도 마을 사람들이 자신의 물건을 훔칠 리 없지만 갈고리와 작살을 배에 두는 것은 괜한 유혹을 불러일으키는 짓이라고

생각했다.

두 사람은 함께 길을 걸어 올라갔고 노인의 판잣집에 이르자 열려 있는 문으로 들어갔다. 노인은 돛을 둘둘 감은 돛대를 벽에 기대 놓았고, 소년은 그 옆에 상자와 다른 뱃기구들을 놓았다. 돛대는 판잣집의 단칸방 길이만 했다. 판잣집은 '구아노(Guano)'라고 불리는 대왕 야자의 질긴 싹눈 껍질로 지은 것으로, 안에 침대와 탁자, 의자가 하나씩 있었고 흙바닥에는 숯으로 음식을 해 먹을 수 있는 장소가 있었다. 섬유질이 억센 구아노 잎을 여러 겹 반반하게 붙인 갈색 벽에는 예수 성심 채색화와 코브레 성당의 성모 마리아 채색화가 걸려 있었다. 죽은 아내의 유품이었다. 예전에는 색 인화지에 뽑은 아내의 사진을 벽에 걸어 두었지만, 노인은 사진을 볼 때마다 울적해져서 그것을 방구석 선반 위, 깨끗한 셔츠 아래에 두었다.

"무엇이든 드실 것이 있나요?"

소년이 물었다.

"노란 쌀밥과 생선이 한 냄비 있지. 좀 먹을래?"

"아니요. 집에 가서 먹을게요. 불 좀 피워 드릴까요?"

"아니, 내가 나중에 피우마. 그냥 찬밥을 먹어도 되니까."

"투망을 가져가도 되나요?"

"물론이야."

사실 투망은 없었다. 소년은 투망을 언제 팔아 치웠는지 기억하고 있었다. 그러나 두 사람은 이 꾸며 낸 대화를 매일 주고받았다. 노란 쌀밥과 생선도 없었고, 그 사실 역시 소년은 잘 알고 있었다.

"팔십오는 행운의 숫자야."

노인이 말했다.

"내가 오백 킬로그램도 더 되는 놈을 잡아 오면 어떨 것 같니?"

"저는 투망을 가져다가 정어리를 잡으러 가야겠어요. 할아버지는 문 앞에 앉아 햇볕을 쬐고 계시겠어요?"

"그래. 어제 신문이 있으니 야구 기사나 읽어야겠다."

소년은 '어제 신문'이 꾸며 낸 이야기인지 아닌지 알 수 없었다. 그러나 노인은 정말로 침대 밑에서 신문을 꺼냈다.

"보데가(Bodega, 식료품점 혹은 주점을 뜻하는 스페인어_옮긴이)에서 페리코가 준 거란다."

노인이 설명했다.

"정어리를 잡으면 돌아올게요. 할아버지 것과 제 것을 얼음에 같이 보관했다가 아침에 나누면 돼요. 돌아오면 야구 이야기를 해

주세요."

"양키스가 이길 게 뻔하지."

"저는 클리블랜드 인디언스에 질까 봐 걱정이 되네요."

"얘야, 양키스를 믿으려무나. 위대한 디마지오(1936년부터 1951
년까지 뉴욕 양키스 팀에서 활약한 프로야구 선수_옮긴이)가 있잖니."

"저는 클리블랜드 인디언스도 그렇지만 디트로이트 타이거스
팀도 겁나요."

"정신 차려. 너 그러다가 신시내티 레즈나 시카고 화이트 삭스
까지도 겁내겠다."

"잘 읽으셨다가 제가 돌아오거든 이야기해 주세요."

"그나저나 끝자리가 팔십오인 복권을 한 장 사 두면 어떨까? 내
일이 팔십오 일째니 말이야."

"그것도 좋겠지요."

소년이 말했다.

"하지만 할아버지가 대기록을 세우신 팔십칠 일은 어쩌고요?"

"그런 일은 두 번 다시 일어나지 않을 거야. 네가 팔십오를 찾아
낼 수 있겠니?"

"주문하면 되지요."

"한 장만. 이 달러 오십 센트가 들 거야. 그 돈을 누구한테 빌리는 게 좋을까?"

"괜찮아요. 이 달러 오십 센트면 제가 언제라도 빌릴 수 있어요."

"나도 빌릴 수 있을 거야. 하지만 되도록이면 빌리지 않으려고 해. 일단 빌리고 나면 그다음에는 구걸을 해야 하거든."

"몸을 따뜻하게 해 두세요, 할아버지."

소년이 말했다.

"지금은 구월이라는 것을 아셔야 해요."

"큰 물고기가 걸리는 달이구나."

노인이 말했다.

"아무나 어부 행세를 할 수 있는 오월과는 다르지."

"이제 저는 정어리를 잡으러 갈게요."

소년이 말했다.

소년이 돌아와 보니 노인은 의자에 앉아 잠들어 있었고 해는 저물어 있었다. 소년은 침대에서 낡은 군용 담요를 가져다가 의자 등받이에 펼쳐 노인의 어깨를 덮어 주었다. 그 어깨는 무척 늙었지만 아직 튼튼해 보여서 어쩐지 낯설었다. 목덜미도 여전히 강인해 보였다. 게다가 노인이 꾸벅꾸벅 졸며 앞으로 고개를 숙이고

있어서 목덜미의 주름살도 거의 드러나지 않았다.

노인의 셔츠는 돛과 마찬가지로 수차례나 깁은 것이었고, 기워 붙인 천 조각도 햇볕에 바래서 얼룩덜룩했다. 노인의 머리는 매우 늙어 보였고, 눈을 감고 있는 얼굴에는 생기가 하나도 없었다. 무릎 위에는 신문이 펼쳐져 있었는데, 노인의 팔에 눌려 저녁 산들바람에도 날아가지 않고 있었다. 노인은 맨발이었다.

소년은 노인을 가만히 둔 채 자리를 떴다. 다시 돌아왔을 때도 노인은 여전히 잠들어 있었다.

"할아버지, 일어나세요."

소년은 노인의 무릎에 손을 얹고 말했다.

노인은 눈을 떴지만 머나먼 꿈나라에서 돌아오는 데는 시간이 걸렸다. 잠시 후 노인은 미소를 지었다.

"무엇을 가지고 왔니?"

"저녁이요."

소년이 말했다.

"이제 저녁을 드셔야죠."

"별로 배고프지 않은데."

"어서 드세요. 드시지 않으면 물고기를 잡지 못해요."

"나는 그래 왔는걸."

노인은 이 말을 하면서 일어났고 신문을 들어서 접었다. 그러고는 담요를 개기 시작했다.

"담요를 두르고 계세요."

소년이 말했다.

"제가 살아 있는 한 할아버지가 빈속으로 물고기를 잡게 되실 일은 없을 거예요."

"그럼 오래 살려무나. 몸조심하고."

노인이 말했다.

"너는 무엇을 먹을 거니?"

"검은 콩밥하고요, 튀긴 바나나랑 스튜 조금이요."

소년은 테라스에서 두 단으로 된 금속 용기에 음식을 담아 왔다. 종이 냅킨으로 싼 나이프와 포크, 스푼 두 세트는 호주머니에 넣어 가지고 왔다.

"이것은 누가 준 거니?"

"마틴 씨가요. 주인아저씨요."

"고맙다고 인사를 해야겠구나."

"제가 벌써 했어요."

소년이 말했다.

"할아버지는 굳이 인사하지 않으셔도 돼요."

"큰 물고기를 잡으면 뱃살을 줘야겠다."

노인이 말했다.

"전에도 몇 번 우리에게 베풀었었지?"

"그럴 거예요."

"그러면 뱃살 말고도 무엇인가 더 줘야겠구나. 우리를 무척이나 챙기는 사람이야."

"맥주도 두 병 주셨어요."

"난 캔 맥주가 제일 좋던데."

"알아요. 하지만 이건 병에 든 아투에이 맥주(쿠바에서 생산되는 맥주의 상표. 스페인 저항 운동에 앞장선 국민 영웅 아투에이의 이름에서 유래됨_옮긴이)예요. 병은 제가 다시 가져다줄 거예요."

"참 고맙구나."

노인이 말했다.

"어서 먹어 볼까?"

"아까부터 먹자고 말씀드렸잖아요."

소년이 상냥하게 말했다.

"할아버지가 드실 준비가 안 되신 것 같아 뚜껑도 열지 않고 있었어요."

"이제 준비됐다."

노인이 말했다.

"그저 손 씻을 시간이 필요했을 뿐이야."

어디서 손을 씻으셨지? 소년은 생각했다. 마을의 상수도에 가려면 두 거리나 내려가야 했다. 할아버지께 물을 가져다 드려야겠어, 소년은 생각했다. 비누와 좋은 수건도 말이야. 내가 왜 그 생각을 못 했지? 겨울에 입으실 셔츠와 재킷도 한 벌씩 있어야겠고, 신발과 담요도 하나 구해 드려야겠어.

"스튜가 맛있구나."

노인이 말했다.

"야구 이야기 좀 해 주세요."

소년이 청했다.

"아메리칸 리그에선 내가 말한 대로 양키스가 최고지."

노인이 즐거운 듯이 말했다.

"양키스는 오늘 졌는데요."

소년이 말했다.

"그것은 상관하지 않아도 된단다. 위대한 디마지오가 다시 살아났으니."

"그 팀엔 다른 선수들도 있잖아요."

"당연하지. 그래도 디마지오는 특별해. 다른 리그에서 브루클린하고 필라델피아가 맞붙는다면 난 브루클린 쪽에 걸겠어. 물론 딕 시슬러(필리델피아 필리스 소속 선수. 1950년 에베츠 필드 구장에서 열린 브루클린 다저스와의 경기에서 홈런을 날려 팀을 승리로 이끌었음_옮긴이)가 그 옛날 구장에서 날린 굉장한 타구를 감안해야겠지만."

"그 일은 정말 최고였어요. 그렇게 멀리까지 공을 날린 선수는 처음 봤다니까요."

"그 사람이 테라스에 종종 왔던 것 기억하니? 고기잡이에 같이 데려가고 싶었는데 머뭇거리다 말도 못 붙였지. 그래서 너더러 말 좀 건네 보라고 했더니 너도 머뭇거렸잖아."

"맞아요. 큰 실수였어요. 우리와 함께 갔을지도 모르는 일인데. 그랬다면 평생 자랑거리가 되었을 거고요."

"나는 그 위대한 디마지오를 고기잡이에 데려가고 싶구나."

노인이 말했다.

"그 사람 아버지가 어부였다지. 우리만큼 가난했던 적이 있을

테니 우리의 말을 들어줬을 거야."

"위대한 시슬러의 아버지는 가난을 겪어 본 적이 없어요. 그는 저만 할 때 벌써 메이저리그에서 뛰고 있었잖아요."

"내가 네 나이였을 때는 가로돛을 단 큰 배의 선원이었지. 배가 아프리카까지 갔는데, 저녁이면 해변에서 어슬렁거리는 사자를 보곤 했단다."

"알아요. 이야기해 주셨어요."

"아프리카 얘기를 할까, 야구 얘기를 할까?"

"야구 얘기가 좋겠어요."

소년이 말했다.

"위대한 존 호타 맥그로(1900년대 초부터 1932년까지 뉴욕 자이언츠 팀에서 활약한 감독 겸 선수_옮긴이) 얘기를 해 주세요."

소년은 J를 '호타'라고 발음했다.

"그 사람도 옛날에는 테라스에 가끔 오곤 했지. 그런데 술만 들어가면 난폭해지고 입도 거칠어서 상대하기가 힘들었어. 야구만큼이나 경마도 열심이었지. 호주머니에 말 명단을 꼭 가지고 다니면서, 전화에 대고 말 이름을 말하곤 하더구나."

"대단한 감독이었어요."

소년이 말했다.

"우리 아빠는 그를 최고라고 생각해요."

"그야 맥그로가 여기 많이 왔으니까."

노인이 말했다.

"듀로셔(메이저리그 선수_옮긴이)가 해마다 여기 왔다면 네 아버지는 그 사람을 최고의 매니저로 쳤을 게다."

"그렇다면 누가 진짜로 최고 매니저인가요? 루케 아니면 마이크 곤살레스(루케와 마이크 곤살레스 모두 쿠바 출신의 메이저리그 선수_옮긴이)?"

"둘은 비슷비슷한 것 같아."

"그러면 가장 뛰어난 어부는 할아버지겠죠?"

"아니. 나는 나보다 뛰어난 어부들을 많이 알고 있다."

"케 바('천만에요'라는 뜻의 스페인어_옮긴이)."

소년이 말했다.

"솜씨 좋은 어부도 많고 대단한 어부들도 있긴 있어요. 그래도 최고는 할아버지뿐이죠."

"고맙다. 너는 참으로 나를 기쁘게 하는구나. 감당하지 못할 정도로 엄청나게 큰 물고기가 걸려서 우리의 생각을 뒤엎지나 않았

으면 좋겠다."

"그런 물고기는 없어요. 할아버지 말씀대로 아직 힘이 세시다면 말이죠."

"생각만큼 내 힘이 세지 않을지도 모르는 일이야."

노인이 말했다.

"그래도 나는 이런저런 요령도 있고 투지도 강하니까."

"이제 주무세요. 그래야 내일 아침에 기운이 나죠. 저는 이것들을 테라스에 돌려줘야겠어요."

"그럼 잘 자거라. 아침에 깨우러 가마."

"할아버진 제 자명종이에요."

소년이 말했다.

"내게는 나이가 자명종이지."

노인이 말했다.

"나이 든 사람은 왜 일찍 깨는 걸까? 하루를 그나마 좀 더 길게 보내려고?"

"저는 잘 모르겠어요."

소년이 말했다.

"제가 아는 건 어린아이들은 아침 늦게까지 깊이 잠든다는 사실

이에요."

"그건 나도 기억하지."

노인이 말했다.

"늦지 않게 깨워 주마."

"주인아저씨가 깨워 주는 건 싫어요. 어쩐지 제가 못난 것 같거든요."

"그 맘 알지."

"할아버지, 안녕히 주무세요."

소년은 나갔다. 두 사람은 불도 켜지 않고 식탁에서 저녁을 먹었다. 그렇게 어둠 속에서 노인은 바지를 벗고 잠자리에 들었다. 바지 속에 신문지를 넣고 둘둘 말아 베개로 삼고는 담요로 몸을 감싸고 침대에 누웠다. 스프링 위에 낡은 신문지를 깔아 놓은 침대였다.

노인은 곧 잠들었고 어릴 적에 갔던 아프리카 꿈을 꾸었다. 길게 늘어선 황금빛 해변과 눈이 부실 정도로 새하얀 해변, 높이 솟은 곳과 거대한 갈색 산들이 보였다. 그 해안가에서 밤마다 살다시피 했다. 노인은 꿈속에서 파도가 바닷가에 부딪치는 소리를 들었다. 파도를 헤치고 노를 저어 오는 원주민의 배도 보았다. 잠결

에 노인은 갑판에서 풍겨 오는 타르와 뱃밥 냄새를 맡았고, 아침이면 뭍바람에 실려 오는 아프리카의 냄새도 맡았다.

노인은 보통 뭍바람 냄새를 맡으면 일어나 옷을 챙겨 입고 소년을 깨우러 갔다. 그러나 오늘 밤에는 뭍바람 냄새가 너무 일찍부터 풍겨 왔다. 잠을 자면서도 이른 시각이라는 것을 느꼈고 계속 꿈을 꾸었다. 섬들의 하얀 산봉우리가 바다 위로 솟은 모습을 보았고, 이어서 카나리아 군도(아프리카 서사하라 서쪽에 있는 일곱 개의 스페인령 섬_옮긴이)의 여러 항구와 정박지도 나타났다.

노인은 폭풍우나 여자 꿈은 더 이상 꾸지 않았다. 큰 사건이나 큰 물고기 꿈도, 싸움이나 힘겨루기에 관한 꿈도, 죽은 아내 꿈도 꾸지 않았다. 이제는 이런저런 장소나 해변에서 어슬렁거리는 사자들 꿈만 꾸었다. 사자들은 해 질 무렵이면 새끼 고양이처럼 뛰놀았다. 노인은 소년을 사랑하는 만큼이나 사자들을 사랑했다. 그러나 소년 꿈을 꾼 적은 없었다. 문득 잠에서 깬 노인은 열린 문틈으로 달을 내다보다가 둘둘 말려 있던 바지를 펴서 입었다. 그러고는 판잣집 밖으로 나가 오줌을 눈 다음, 소년을 깨우러 길을 걸어 올라갔다. 새벽 한기에 몸이 떨렸다. 그러나 그렇게 떨다 보면 몸이 따뜻해질 것이고, 게다가 곧 바다에서 노를 젓게 될 것이었다.

소년이 사는 집은 잠겨 있지 않았다. 노인은 문을 열고 맨발로 조용히 걸어 들어갔다. 소년은 첫 번째 방 간이침대에서 자고 있었다. 기울어 가는 달빛이 비쳐 들어, 노인은 소년의 모습을 뚜렷이 볼 수 있었다. 그는 소년의 한쪽 발을 가만히 쥐었다. 잠시 후 소년이 눈을 뜨더니 고개를 돌려 노인을 바라보았다. 노인은 고개를 끄덕였고 소년은 침대 옆 의자에서 바지를 집어 들었다. 그러고는 침대에 앉아 바지를 입었다.

노인이 문밖으로 나오자 소년도 따라 나왔다. 소년은 아직도 졸렸다. 노인은 소년의 어깨에 팔을 두르며 말했다.

"미안하구나."

"케 바."

소년이 말했다.

"남자라면 할 일을 해야죠."

두 사람은 노인이 사는 판잣집으로 내려갔다. 길에는 맨발의 사내들이 자기 배의 돛대를 메고 어둠 속을 걸어가고 있었다.

노인의 판잣집에 이르자, 소년은 바구니에 든 낚싯줄 사리와 작살 그리고 갈고리를 들었고, 노인은 돛이 감긴 돛대를 어깨에 멨다.

"커피 드시겠어요?"

소년이 물었다.

"뱃기구들을 배에 가져다 놓고 나서 마시자꾸나."

두 사람은 어부들을 위해 아침 일찍 문을 여는 음식점에 가서 연유 통에 따라 놓은 커피를 마셨다.

"할아버지는 안녕히 주무셨어요?"

소년이 물었다. 아직도 졸음을 쫓느라 버거웠지만 이제 조금씩 정신이 드는 모양이었다.

"아주 잘 잤지, 마놀린."

노인이 대꾸했다.

"오늘은 자신감이 생기는구나."

"저도요."

소년이 말했다.

"그럼 할아버지와 제 몫의 정어리를 가져와야겠어요. 할아버지의 새 미끼고기도요. 우리 배의 물건은 주인아저씨가 직접 나르세요. 절대 남이 옮기게 두지를 않아요."

"각자 다른 법이니까."

노인이 말했다.

"나는 네가 다섯 살 때부터 물건을 나르게 했지."

"그렇죠."

소년이 말했다.

"얼른 돌아올게요. 커피 한 잔 더 드세요. 여기는 외상이 통하잖아요."

소년은 맨발로 산호 바위를 걸어 미끼를 저장해 둔 얼음 창고로 갔다.

노인은 천천히 커피를 마셨다. 온종일 아무것도 먹지 못할 것이므로 커피라도 꼭 마셔 두어야 했다. 오래전부터 먹는 것이 귀찮아진 노인은 점심을 싸 가는 법이 없었다. 뱃머리에 둔 물 한 병만으로도 하루를 너끈히 버텼다.

소년은 정어리와 신문지에 싼 미끼고기 두 마리를 가지고 돌아왔다. 두 사람은 발밑으로 전해지는 자갈이 섞인 모래의 감촉을 느끼면서 배가 있는 곳으로 내려갔다. 그리고 배를 들어 바닷물로 밀어 넣었다.

"행운을 빌어요, 할아버지."

"행운을 빈다."

노인이 말했다. 노인은 노를 잡아맨 밧줄을 노걸이 못에 맸다. 그러고는 몸을 앞으로 숙여 노로 물을 힘차게 헤치면서, 어둠 속

에서 항구 밖으로 배를 저어 가기 시작했다. 저쪽 해안에서도 다른 배들이 바다로 나가고 있었다. 달이 낮은 산 너머로 져 버린 바람에 그 배들을 볼 수는 없었지만, 노인의 귀에는 노 젓는 물소리가 들려왔다.

이따금 배에서 사람의 말소리가 들렸다. 그러나 배들 대부분은 노 젓는 소리만 낼 뿐 조용했다. 항구를 나서자 배들은 뿔뿔이 흩어져 제각기 물고기가 잡힐 만한 해역으로 향했다. 노인은 멀리가 볼 생각이었으므로 뭍 냄새를 뒤로한 채 깨끗한 새벽 바다 냄새가 나는 쪽으로 노를 저었다. 어부들이 '큰 우물'이라고 부르는 해역으로 가자 해초의 인광이 눈에 띄었다. 그곳은 수심이 갑자기 칠백 미터나 깊어져서 큰 우물이라 불렸으며, 해류가 해저의 가파른 경사면에 부딪쳐 생기는 소용돌이로 온갖 종류의 물고기가 몰려들었다. 새우와 미끼고기들이 떼를 지어 있고, 깊숙한 구멍에는 오징어 무리도 모이고는 했다. 이들은 밤에 수면 가까이 올라오다가, 주위를 떠돌아다니던 물고기의 먹이가 되곤 했다.

노인은 어둠 속에서도 아침이 오는 것을 느낄 수 있었다. 노를 젓고 있자니 날치가 몸을 떨며 물 위로 솟구치는 소리와 빳빳한 두 날개를 세워 어두운 허공을 쉭쉭 가르는 소리가 들려왔다. 노

인은 날치를 바다에서 제일가는 친구로 삼았기에 무척이나 좋아했다. 새는 불쌍했다. 특히 어두운 빛깔을 띤 작고 연약한 제비갈매기는 늘 먹이를 찾아 날아다니지만 헛수고만 해서 안쓰러웠다. 도둑갈매기나 크고 힘센 것들을 빼고는 새들이 우리보다 더 고달픈 삶을 사는구나, 노인은 생각했다. 이 잔혹한 바다에 휩쓸려 버리면 어쩌려고 이토록 여리고 가냘프게 만들어졌을까?

물론 바다는 상냥하고 무척이나 아름답지. 하지만 때로는 정말 잔인해지기도 하고 어느 순간 휘몰아치기도 하잖아. 작고 구슬픈 목소리로 울면서 물속의 먹이를 찾아다니는 새들은 그런 바다에서 살기에는 너무나 연약해.

노인은 늘 바다를 '라 마르(La mar)'라고 생각했다. 그것은 사람들이 바다를 정겹게 부를 때 쓰는 스페인어였다. 바다를 사랑하는 사람들도 가끔은 바다를 욕하지만, 그럴 때에도 바다가 여성인 것처럼 말하곤 했다. 젊은 어부들 중에서 낚시찌 대신 부표를 사용하고 상어 간으로 돈을 많이 벌어 모터보트를 사들인 치들은 바다를 '엘 마르(el mar)'라며 남성으로 취급했다. 이들은 바다를 경쟁 대상이나 일터, 심지어는 적인 것처럼 이야기했다. 그러나 노인은 언제나 바다를 여성으로 생각하며 큰 호의를 베풀거나 베풀

어 주지 않는 존재로 여겼다. 바다가 거칠게 굴거나 성나게 날뛰어도 그것은 바다도 어쩔 수 없어 그러는 것이다. 달이 여성에게 영향을 미치듯 바다에도 영향을 미치는 것이려니, 하고 노인은 생각했다.

노인은 꾸준히 노를 저었다. 무리하게 속력을 내지 않은 데다 해류가 이따금 소용돌이치는 곳을 빼고는 바다가 잔잔했기 때문에 전혀 힘들지 않았다. 노인은 노 젓는 힘의 삼분의 일을 해류에 내맡겼다. 그래서 날이 밝을 무렵에는 그 시간에 나오려 했던 거리보다 더 멀리 나와 있었다.

일주일 동안 깊은 우물에서 고기잡이를 했지만 헛수고였지, 노인은 생각했다. 오늘은 가다랑어와 날개다랑어 떼가 몰리는 곳까지 나가 봐야겠다. 개중 큰 놈이 있을지 모르니까.

날이 환히 밝기 전에 노인은 미끼를 드리우고는 물 흐르는 대로 배가 떠다니도록 내버려 두었다. 첫 미끼는 칠십 미터 아래로 드리웠다. 두 번째 미끼는 백삼십 미터까지 내렸고, 세 번째와 네 번째 미끼는 각각 백팔십 미터와 이백이십 미터나 되는 푸른 바닷속까지 내렸다. 미끼고기는 각각 머리를 아래로 향하도록 하여 낚싯바늘의 곧은 부분에 단단히 꿰어 묶었다. 바늘의 튀어나온 곡선이

66

나 끝 부분에는 모두 싱싱한 정어리를 싸 두었다. 굽은 강철 바늘에 두 눈을 꿰뚫린 정어리들은 반원형 화환 모양을 하고 있었다. 낚싯바늘 그 어느 부분에서도 커다란 물고기가 향긋한 냄새와 달콤한 맛을 느끼지 않을 곳은 없는 셈이었다.

소년이 준 싱싱한 새끼 날개다랑어 두 마리는 깊숙이 드리운 두 개의 낚싯줄에 추처럼 달아 놓았고, 다른 낚싯줄에는 푸른빛의 큰 전갱이와 갈전갱이를 매달아 놓았다. 그것들은 전에 쓰던 것이지만 아직 괜찮았고, 신선한 정어리와 함께 매달아 놓아서 물고기를 끌어들일 만큼 냄새도 좋았다. 큰 연필만큼 굵은 낚싯줄에는 모두 초록색 낚시찌가 묶여 있어 물고기가 미끼를 당기거나 건드리기만 해도 물속으로 들어가게 돼 있었다. 각각의 낚싯줄에는 칠십 미터짜리 줄을 달아 놓았고, 필요하다면 여분의 줄을 매달 수 있어 물고기를 오백 미터 넘게 끌고 다녀도 괜찮았다.

이제 노인은 뱃전 너머로 낚시찌 세 개가 기우는지 지켜보면서, 가만가만 노를 저어 낚싯줄이 적당한 수심에서 위아래로 팽팽하게 늘어지도록 했다. 날이 꽤 밝아져서 금방이라도 해가 떠오를 것만 같았다.

해가 바다 위로 조금 떠오르자 노인은 다른 배들을 볼 수 있었

다. 수면에 바짝 붙어 있는 배들은 해안 쪽으로 완전히 뒤처진 채 해류 너머로 뿔뿔이 흩어져 있었다. 해가 점점 밝아 오면서 수면에 환한 빛을 쏟아 놓았다. 얼마 후 완전히 떠올랐고, 평평한 바다가 그 빛을 반사시켰기 때문에 노인은 눈이 부셔 얼굴을 돌리고 노를 저었다. 노인은 물속을 내려다보았다. 그리고 바다 깊숙이 팽팽하게 드리운 낚싯줄을 살폈다. 노인은 그 누구보다 낚싯줄을 팽팽히 드리웠는데, 그래야 어두운 바닷속에서 자기가 원하는 정확한 지점에 미끼를 내리고 물고기가 그곳을 지나가기를 기다릴 수 있었다. 다른 어부들은 낚싯줄이 해류에 떠다니도록 내버려 두었기 때문에 미끼가 백팔십 미터까지 내려가 있다고 생각해도 사실 백 미터 정도까지만 내려가 있기 일쑤였다.

그러나 노인은 생각했다. 나는 낚싯줄을 정확히 드리우는 편이야. 다만 운이 더는 없는 것이지. 하지만 누가 알아? 어쩌면 오늘은 운이 좋을지도. 날마다 새로운데. 운이 따른다면 더 좋기는 하지. 그래도 나는 신중을 기하겠어. 운은 준비된 자에게 찾아오는 법이니까.

해가 떠오른 지 두 시간쯤 지나자 노인은 동쪽을 보아도 별로 눈이 부시지 않았다. 이제 배는 세 척밖에 보이지 않았다. 그것도

멀리 해안 쪽으로 수면에 아주 바짝 붙어 떠 있었다.

아침 해는 평생 봐도 눈이 아파, 노인은 생각했다. 그래도 내 눈은 아직 끄떡없어. 저녁 해는 똑바로 봐도 눈이 캄캄해지지 않지. 사실은 그게 더 강한데 아침 해만 눈이 아프단 말이야.

바로 그때 군함새 한 마리가 검고 긴 날개를 펴고 앞쪽 바다 하늘을 맴도는 것이 보였다. 새는 날개를 뒤로 젖혀 비스듬히 급강하하더니 다시 하늘을 빙빙 돌았다.

"저놈이 뭘 봤구나."

노인이 소리 내어 말했다.

"그냥 먹잇감을 찾아보는 게 아니야."

노인은 새가 맴돌고 있는 쪽으로 천천히 쉬지 않고 배를 저었다. 서두르지 않으면서 낚싯줄이 계속 아래위로 팽팽히 당겨지도록 했다. 그러나 해류를 거슬러 약간 빠르게 노를 저었다. 새를 이용하지 않고 낚시할 때보다 더 빠르게 나아가기는 했지만, 그래도 낚시질은 정확히 했다.

새는 하늘 높이 올라가더니, 날개를 움직이지 않은 채 다시 빙빙 돌았다. 그러다 갑자기 급강하했다. 그때 노인은 날치가 물 위로 뛰어올라 수면 위를 필사적으로 날아가는 모습을 보았다.

"만새기군."

노인이 큰 소리로 말했다.

"커다란 만새기야."

노인은 노를 거두어들이고는 뱃머리 밑창에서 가는 낚싯줄을 꺼냈다. 철사로 된 목줄에는 중간 크기의 바늘이 달려 있었고, 노인은 거기에 정어리 한 마리를 미끼로 달았다. 낚싯줄을 뱃전 너머로 던지고 뱃고물 쪽 고리에 단단히 잡아맸다. 그런 다음, 또 다른 낚싯줄에 미끼를 달아 뱃머리 안쪽 그늘진 곳에 둘둘 말아 놓았다. 노인은 다시 노를 저으면서, 날개가 긴 검은 새가 먹이를 쫓는 모습을 지켜보았다. 이제 새는 물 위를 낮게 날고 있었다.

노인이 지켜보고 있자니 새는 날개를 비스듬히 기울여 다시 수면으로 내려왔다. 그러더니 날개를 거칠게 퍼덕이며 날치를 뒤쫓았지만 헛수고였다. 노인은 수면이 살짝 부풀어 오르는 것을 보았다. 큰 만새기 떼가 도망가는 날치 떼를 쫓아 물 위로 올라온 것이다. 만새기 떼는 날치가 나는 바로 밑에서 물살을 가르며 나아갔다. 날치가 물속으로 떨어지면 재빨리 돌진하려는 것이었다. 굉장한 만새기 떼로군, 노인은 생각했다. 저것들이 넓게 흩어져 있으니 날치가 살아남을 가능성은 적겠어. 새도 허탕 치겠군. 새에 비

해 날치가 너무 크고 또 너무 빨라.

　노인은 날치가 몇 번이고 날아오르고, 새가 그 뒤를 헛되이 쫓는 모습을 지켜보았다. 저놈들은 멀리 가 버렸군, 노인은 생각했다. 놈들은 너무 빠른 데다가 너무 멀리 있어. 그래도 어쩌면 무리에서 뒤처진 놈을 잡을 수도 있겠지. 내가 노리는 큰 물고기가 놈들 주위에 있을지도 몰라. 내 큰 물고기는 분명 어딘가에 있을 거야.

　구름이 땅 위에서 산 모양으로 뭉게뭉게 피어올랐다. 해안은 한 줄기 기다란 초록빛 선으로 보일 뿐이었고, 그 뒤로 푸른 산등성이가 어렴풋이 보였다. 바닷물은 이제 검푸른 빛을 띠고 있었다. 검푸르다 못해 자줏빛에 가까울 정도였다. 그 속을 들여다보니 검푸른 물속에는 체로 거른 듯한 붉은 플랑크톤이 흩어져 있었고, 햇빛이 비쳐 들어 기묘한 무늬의 빛이 감돌고 있었다. 노인은 낚싯줄이 물속에 똑바로 드리워졌나 눈여겨보았고, 주위에 흩어져 있는 많은 플랑크톤을 보고는 기분이 좋았다. 그건 물고기가 몰려 있다는 뜻이기 때문이었다. 해가 높이 떠 있는 지금, 물속에 기묘한 빛이 어른거린다는 것은 날씨가 좋다는 징조였다. 그것은 육지 위에 피어오른 구름의 형태를 봐도 알 수 있었다. 새는 이제 거의 보이지 않았고, 수면에는 햇빛에 바래 누렇게 된 해초가 군데군데

떠 있을 뿐이었다. 그리고 뱃전 가까이에는 온전한 형태를 갖춘 보라색 고깔해파리의 부레가 젤리처럼 떠서 무지갯빛을 반사하고 있었다. 해파리는 몸을 옆으로 젖혔다가 똑바로 세우곤 했다. 치명적인 독이 있는 보랏빛 촉수를 물속에 일 미터나 길게 늘어뜨리며 비눗방울처럼 가볍게 떠다녔다.

"아구아 말라(Agua mala, '나쁜 물'이라는 뜻의 스페인어_옮긴이)로구나."

노인이 말했다.

"갈보 같은 것."

노인은 노를 가볍게 저으며 물속을 들여다보았다. 촉수와 같은 색깔의 조그만 물고기들이 해파리 아래 생긴 작은 그늘에 무리 지어 있거나 늘어진 촉수 사이에서 헤엄치고 있었다. 물고기들은 해파리 독에 대한 면역이 있었지만 사람은 그렇지 않다. 해파리가 낚싯줄에 눌어붙어 끈끈한 보랏빛 점액질을 남길 때면, 고기잡이를 하던 노인은 손과 팔이 부어올랐고 따가웠다. 마치 담쟁이덩굴이나 옻나무 독이 오른 것 같았다. 그러나 아구아 말라의 독은 더 빨리 번졌고 채찍을 맞은 것처럼 피부가 부풀어 올랐다.

비눗방울처럼 무지갯빛을 내는 해파리들은 아름다웠다. 그러나

이들은 '가짜' 같은 바다 생물체였으므로 노인은 큰 바다거북이 해파리를 잡아먹는 모습을 보면 즐거웠다. 바다거북은 해파리를 보면 정면으로 다가가, 눈을 질끈 감고 몸은 등껍질 속에 완전히 숨긴 채 촉수까지 먹어 치웠다. 노인은 바다거북이 해파리를 먹는 모습을 구경하는 것이 흥미로웠다. 폭풍우가 친 후 해안에 떠밀려 온 해파리를 밟으며 걷는 것도, 딱딱한 발뒤꿈치로 밟았을 때 해파리 터지는 소리를 듣는 것도 좋아했다.

노인은 푸른바다거북과 대모거북을 좋아했는데, 이들은 우아하고 재빠른 데다 몸값도 비쌌기 때문이다. 하지만 크고 우둔한 붉은바다거북에게서는 친밀감과 혐오감이 동시에 느껴졌다. 붉은바다거북은 노란 등껍질을 무기처럼 뒤집어쓴 데다가 교미하는 모양도 이상했고, 눈을 질끈 감은 채 고깔해파리를 기꺼이 먹어 치웠다.

노인은 몇 년간 거북잡이 배를 탔지만 거북을 신비롭게 여기지는 않았다. 거북은 무슨 종류든 가여웠다. 심지어 길이가 조각배만 하고 무게가 일 톤이나 나가는 거대한 거북까지도 가여웠다. 거북은 토막 내어 죽여도 심장이 한 시간 가까이 뛰기 때문에, 사람들이 대부분 무자비하게 대했다. 하지만 노인은 내 심장도 놈들

의 것과 똑같이 뛰고 손발도 놈들과 별다를 것이 없어, 하고 생각했다. 노인은 기운을 내기 위해 거북의 하얀 알을 먹었다. 구월과 시월에 진짜 큰 물고기를 잡으려고 오월 내내 알을 먹어 힘을 길렀던 것이다.

노인은 어부들이 뱃기구를 맡겨 두는 오두막에 가서, 큰 드럼통에 담겨 있는 상어간유를 매일 한 잔씩 마셨다. 간유는 어부 누구나 원하면 마실 수 있도록 두었지만, 대다수가 간유 맛을 싫어했다. 그래도 그 맛은 아침 일찍 일어나야 하는 괴로움에 비하면 아무것도 아니었다. 게다가 감기나 독감을 물리치는 데도 매우 좋았고 눈에도 좋았다.

노인이 하늘을 올려다보니, 새가 다시 빙빙 돌고 있었다.

"물고기를 찾았구나."

노인이 큰 소리로 말했다.

날치가 수면 위로 솟구친 것도, 미끼고기가 흩어져 있는 것도 아니었다. 그런데 노인이 지켜보니 작은 다랑어가 허공으로 뛰어올랐다가 몸을 돌리고는, 머리를 거꾸로 처박으며 물속으로 떨어졌다. 다랑어는 햇빛을 받자 은색으로 빛났고, 한 마리가 물속에 떨어지자 다른 놈들이 연달아 뛰어올랐다. 그러더니 다랑어 떼가 사

방에서 펄떡거리면서 물을 이리저리 휘젓고 다니며 미끼고기를 따라 멀리 뛰었다. 미끼고기 주위를 맴돌면서 돌진하는 것이었다.

놈들이 너무 빨리 가지만 않는다면 나도 쫓아가겠는데, 하고 노인이 생각했다. 노인은 다랑어 떼가 하얀 물거품을 일으키는 모습이나, 허둥지둥 수면으로 떠오른 미끼고기를 향해 새가 뛰어들며 주둥이를 담그는 모습을 지켜보았다.

"새는 큰 도움이 된다니까."

노인은 말했다. 마침 그때 한 번 감아서 밟고 있던 뱃고물 쪽 낚싯줄이 팽팽해졌다. 노인은 노를 내려놓고 낚싯줄을 꽉 잡아 끌어당기면서, 줄을 물고 부르르 떠는 다랑어의 무게를 느꼈다. 줄을 당길수록 떨리는 힘이 강해졌다. 이윽고 물속에서 물고기의 푸른 등과 황금빛 옆구리가 보이자 노인은 물고기를 뱃전 쪽으로 휙 낚아채 안으로 끌어당겼다. 뱃고물 바닥에 떨어진 다랑어는 햇빛을 받으며 누워 있었다. 몸이 탄탄하고 총알처럼 생긴 다랑어는 흐리멍덩한 눈을 크게 뜬 채 미끈하고 날렵한 꼬리로 배 바닥 널빤지를 빠르게 두들겨 대며 온 힘을 다해 퍼덕거렸다. 노인은 동정을 베풀려는 마음에 놈의 머리를 내리치고 발로 찼다. 그래도 다랑어는 죽지 않고 뱃고물의 그늘진 구석에서 떨고 있었다.

"날개다랑어로군."

노인이 크게 말했다.

"좋은 미끼가 되겠어. 오 킬로그램은 나가겠는데."

노인은 자신이 언제부터 혼잣말을 하기 시작했는지 알 수 없었다. 예전에는 혼자 있을 때 노래를 부르곤 했다. 활어선이나 거북잡이 배에서 밤 당번을 맡아 홀로 키를 잡을 때도 종종 노래를 불렀다. 혼잣말을 하기 시작한 것은 아마 소년이 배를 떠나고 나서부터인 듯했다. 하지만 확실히 기억나지는 않았다. 노인과 소년이 함께 고기 잡던 시절에는 보통 필요할 때에만 대화를 나누었다. 두 사람이 이야기를 주고받는 경우는 밤이 올 때나 폭풍우로 날씨가 나빠 오도 가도 못할 때였다. 바다에서는 쓸데없는 말을 하지 않는 것을 미덕으로 여겼고, 노인도 이를 당연하게 생각했기 때문에 지켰다. 하지만 지금은 신경 쓸 사람이 없으므로 몇 번이고 자신의 생각을 소리 내어 말했다.

"남들이 내가 혼자 지껄이는 것을 들으면 미쳤다고 하겠지."

노인이 큰 소리로 말했다.

"하지만 나는 미치지 않았으니 상관없어. 돈 많은 사람은 배에 라디오를 가져다 놓고 야구 중계나 이런저런 이야기를 듣겠지만."

지금은 야구 생각을 할 때가 아니지, 노인은 생각했다. 지금은 한 가지만 생각할 때야. 내 평생 해 온 고기잡이 말이야. 저 물고기 떼 근처에 큰 물고기가 있을지 몰라. 나는 먹이를 먹다가 무리에서 뒤처진 다랑어 한 마리를 잡았을 뿐이야. 그런데 놈들은 멀리까지 빨리도 가고 있단 말이지. 오늘 수면에 나타난 것들은 모두 북동쪽으로 꽤 빠르게 이동하잖아. 그맘때가 된 건가? 아니면 내가 모르는 무슨 날씨의 징조인가?

이제 초록빛 해안선은 보이지 않고 푸른 산봉우리들이 마치 눈에 덮인 것처럼 하얗게 보일 뿐이었다. 그 위로 구름이 높이 솟은 설산의 봉우리처럼 피어올랐다. 바다는 어두컴컴했고 물속에 비쳐 든 빛이 프리즘처럼 형형색색으로 반짝거렸다. 무수한 플랑크톤 무리도 내리쬐는 햇볕에 사라져 버렸고, 이제 노인의 눈에 보이는 것이라고는 푸른 바다 깊은 곳에서 반짝이는 형형색색의 빛과 천오백 미터나 되는 물속으로 똑바로 드리운 낚싯줄뿐이었다.

다랑어 떼는 다시 물러간 모양이었다. 어부들은 그런 종류의 물고기는 모두 다랑어라고 불렀는데, 다랑어를 팔 때나 미끼고기와 맞바꿀 때에만 제대로 구별해서 불렀다. 햇살은 이제 뜨거워졌고 노인은 그 열기가 목덜미에 닿는 것을 느꼈다. 노를 저으니 땀방

울이 등을 타고 흘러내렸다.

배를 그냥 흘러가게 둘까, 하고 노인은 생각했다. 낚싯줄을 발가락에 감아 두면 한숨 자도 깰 수 있잖아. 그래도 오늘은 팔십오 일째니 고기를 열심히 잡아야지.

바로 그 순간, 낚싯줄을 지켜보던 노인은 수면에 나와 있던 초록색 막대찌 하나가 물속으로 쏙 들어가는 것을 보았다.

"그래."

노인이 말했다.

"그렇지."

노인은 배에 부딪치지 않도록 노를 거두어들였다. 그리고 팔을 뻗어 오른손 엄지손가락과 집게손가락으로 낚싯줄을 살짝 잡았다. 잡아당기는 힘이나 무게는 느껴지지 않았지만 일단 줄을 가만히 잡고 있었다. 다시 느낌이 왔다. 이번에는 강하거나 무겁게 당기는 것이 아니라 살짝 건드리는 움직임을 느꼈다. 노인은 그 입질을 정확히 알아차렸다. 백팔십 미터 아래에서 청새치가 낚싯바늘의 몸통과 끝 부분에 둘둘 감싸 놓은 정어리들을 맛보는 중인 것이다. 손으로 만든 바늘 중심에 꿰어 놓은, 툭 튀어나와 있는 새끼 다랑어 머리를 말이다.

노인은 낚싯줄을 조심스럽게 잡고 왼손으로 막대찌에 묶인 줄을 가만가만 풀어냈다. 이제 손가락으로 낚싯줄을 풀어서 물고기가 아무런 저항도 느끼지 못하게 할 수 있었다.

이렇게 멀리까지 나온 데다 지금은 구월이니 큰 놈이 걸렸겠지, 노인은 생각했다. 먹어라, 물고기야. 어서 먹어. 제발 마음껏 먹으렴. 정어리가 얼마나 싱싱한데 백팔십 미터나 되는 차갑고 어두운 물속에 망설이고 있다니. 어둠 속에서 다시 한 바퀴 돌고 와서 먹으려무나.

조심스럽고도 가볍게 당기더니 그다음에는 더 세게 당기는 힘이 느껴졌다. 정어리 머리를 낚싯바늘에서 떼어 내기가 버거운 모양이었다. 그러고는 아무런 느낌이 오지 않았다.

"어서."

노인이 소리쳤다.

"한 번 더 돌아오너라. 냄새 좀 맡아 봐. 굉장하지 않니? 이제 실컷 뜯어 봐라. 정어리도 있잖아. 탱탱하고 차갑고 맛 좋은 놈으로 말이다. 사양할 것 없어, 물고기야. 어서 먹으라니까."

노인은 엄지손가락과 집게손가락으로 낚싯줄을 쥐고 가만히 기다리며 지켜봤다. 물고기가 이리저리 옮겨 다닐 수 있으니 다른

줄도 동시에 눈여겨보았다. 잠시 후 좀 전과 같은 조심스러운 입질이 다시 느껴졌다.

"이번에는 먹을 거야."

노인이 큰 소리로 말했다.

"하느님, 놈이 미끼를 물게 도와주세요."

그러나 물고기는 미끼를 물지 않았다. 물고기가 도망갔는지 미끼는 전혀 미동도 없었다.

"가 버릴 리 없는데."

노인이 말했다.

"절대로 갔을 리 없어. 한 바퀴 도는 중일 거야. 아마 바늘에 걸린 적이 있어서 그 일을 마음에 두고 있는지도 모르지."

그때 낚싯줄에 가벼운 반응이 왔고 노인은 기분이 좋았다.

"한 바퀴 돌았던 것뿐이군."

노인이 말했다.

"이제는 덤벼들겠지."

가볍게 끌어당기는 힘이 느껴지자 노인은 흐뭇했다. 곧이어 강하면서 믿어지지 않을 만큼 무거운 힘이 느껴졌다. 그 힘은 분명 물고기의 무게와 비례했다. 노인은 낚싯줄을 계속 풀어내다가 두

뭉치로 감아 놓은 여분의 줄도 하나 풀었다. 낚싯줄이 풀리며 손가락 사이를 가볍게 스쳤고, 노인은 엄지손가락과 집게손가락에 물고기가 거의 눈치채지 못할 정도로 살짝 힘을 주었는데도 엄청난 무게를 느낄 수 있었다.

"대단한 놈이로군."

노인이 말했다.

"이제는 미끼를 옆으로 물고 달아날 모양인데."

놈이 한 번 돌고 나서 미끼를 삼킬 테지, 하고 노인이 생각했다. 그러나 그런 생각을 소리 내어 말하지는 않았다. 좋은 일이 입 밖으로 새어 나가면 이루어지지 않을 수 있다는 것을 알기 때문이었다. 물고기가 보통 큰 놈이 아니라는 사실을 알아챈 노인은 어두운 물속에서 다랑어를 가로문 채 달아나려는 놈의 모습이 눈에 선했다. 그 순간 물고기가 딱 멈추는 것이 느껴졌다. 하지만 묵직한 느낌은 여전히 남아 있었다. 당기는 힘이 점점 묵직해지자 노인은 줄을 더 풀어 주었다. 잠깐 엄지손가락과 집게손가락으로 줄을 꽉 잡았더니 당기는 힘이 커지면서 곧장 아래로 내려가는 것 같았다.

"놈이 미끼를 물었어."

노인이 말했다.

"이제 실컷 먹게 두면 돼."

노인은 손가락 사이로 줄이 풀어지게 하면서 왼손을 뻗어 여분의 낚싯줄 두 뭉치 끝에 또 다른 예비 낚싯줄 두 뭉치를 감아 묶었다. 이제 준비는 다 되었다. 지금 풀고 있는 낚싯줄 말고도 칠백 미터짜리 낚싯줄 뭉치가 세 개나 더 있는 것이다.

"좀 더 먹어라."

노인이 말했다.

"실컷 먹도록 해."

어서 꿀꺽 삼켜. 바늘 끝이 심장 깊숙이 파고들어 목숨을 앗아가도록 말이다, 노인은 생각했다. 순순히 올라와서 작살을 꽂게 해 주렴. 좋아. 준비는 됐겠지? 이제 충분히 먹었으려나?

"됐어, 지금 이때다!"

노인은 소리 내어 말한 뒤 두 손으로 있는 힘껏 줄을 낚아챘다. 구십 센티미터쯤 낚싯줄을 당긴 다음에 팔 힘과 몸의 무게를 이용해 두 팔을 열심히 움직이며 연거푸 낚싯줄을 당겼다.

그러나 놈은 꿈쩍도 하지 않았다. 물고기는 오히려 천천히 달아났다. 노인은 그놈을 한 치도 끌어올릴 수 없었다. 노인이 쓰는 낚

싯줄은 매우 튼튼하고 무겁고 큰 물고기를 낚는 데 적합한 것이었다. 그것을 어깨에 걸치고 있자니, 마침내는 줄이 팽팽해졌고 사방에서 물방울이 튀었다. 그러더니 물속에서 천천히 쉿쉿 하는 소리가 났다. 노인은 그 자리에 버티고 앉은 채 놈이 끄는 힘에 맞서 몸을 뒤로 젖혀 가며 계속 줄을 잡아당기고 있었다. 배가 서북쪽을 향해서 천천히 움직이기 시작했다.

물고기는 끊임없이 헤엄쳤다. 노인이나 물고기 모두 겉으로 보면 그저 평온하게 잔잔한 바다 위를 천천히 달리는 것 같았다. 다른 미끼는 아직 물속에 있었지만 입질이 없어서 손을 댈 필요도 없었다.

"이럴 때 그 아이가 있다면……."

노인은 소리 내어 말했다.

"나는 지금 물고기한테 끌려가는 중인데, 내 몸에 밧줄을 걸고 있으니 마치 끌려가는 닻줄 기둥이 된 셈이군. 줄을 더 세게 당길 수도 있지만 그러다가 물고기란 놈이 줄을 끊어 버릴지도 모르니까 조심해야 해. 나는 힘이 닿는 데까지 그놈을 잡고 있어야만 해. 또 그놈이 필요로 할 때는 줄을 풀어 줘야 하지. 그래도 놈이 옆으로만 달리고 더 이상 아래로 내려가지 않는 것만도 얼마나 고

마운 일인가?"

노인은 물고기에 의해 끌려가면서도 끊임없이 생각했다. 만약에 녀석이 아래로 내려갈 작정을 하면 그때는 어떻게 하지? 그러다가 혹 물밑으로 내려가서 죽기라도 하면 어쩌지? 무슨 방도가 있을 거야. 상황에 따라 내가 취할 수 있는 일은 여러 가지가 있으니까.

노인은 줄을 어깨에 걸치고 물속으로 뻗은 줄의 경사와 서북쪽으로 달리는 배를 지켜보며 잠시 두려움을 느꼈다. 이러다가 죽을지도 몰라. 이 짓을 영원히 계속할 수는 없을 테니까.

그러나 네 시간이 지난 후에도 물고기는 여전히 줄기차게 배를 끌고 바다 멀리 헤엄쳐 나가고 있었다. 그때까지도 노인은 여전히 줄을 어깨에 걸친 채 버티고 있었다.

"이놈을 낚은 것이 정오였지, 아마?"

노인은 중얼거렸다.

"그런데 아직 한 번도 네 모습을 보지 못했구나."

노인은 이 물고기가 걸려들기 전부터 푹 내려쓰고 있었던 밀짚모자 때문에 이마가 아팠다. 그리고 목도 말랐으므로 어찌해야 좋을지 잠시 난감해했다. 할 수 없이 노인은 무릎을 꿇고 앉아서 갑

자기 줄이 당겨지지 않도록 조심했다. 그러면서 될 수 있는 한 이물 쪽으로 가까이 다가가서 한 손으로 물병을 잡았다. 노인은 마개를 열고 물을 조금 마셨다. 그러고는 이물에 기대어 잠시 쉬었다. 돛대 받침에 꽂지 않은 돛대에 앉아 쉬면서 물고기와의 싸움에서 버텨 내야겠다는 생각 외에는 아무 생각도 하지 않았다 .

뒤를 돌아봤지만 육지는 보이지 않았다. 하지만 그런 것은 상관없어, 노인은 생각했다. 언제든지 마음만 먹으면 아바나에서 비치는 빛을 따라 항구로 들어갈 수 있어. 해가 지려면 아직 두 시간이나 더 남아 있다. 저 녀석, 아마 그 전에는 올라오겠지. 그렇지 않으면 달이 뜰 때까지는 올라오겠지. 그것도 아니라면 다음 날 해가 뜰 때는 올라올 거야. 아직 쥐가 나지는 않는다. 버틸 만해. 별다른 이상도 없잖아. 주둥이에 낚시 철사 줄을 물고 있는 바로 저 녀석! 그런데 저렇게도 힘차게 당기다니 대단한 놈이야. 틀림없이 철사를 문 채 주둥이를 꽉 다물고 있을 것이다. 그 모습을 좀 보았으면 좋으련만. 나하고 겨루고 있는 놈이 어떤 놈인지 알기 위해서라도 꼭 한 번만 녀석을 봤으면 좋겠다.

노인은 별을 보고 그동안의 상황을 판단해 보았다. 물고기는 밤새도록 길도, 방향도 바꾸지 않고 오직 한 방향으로만 달리고 있

었다. 해가 지고 나니 추워졌고, 노인의 등과 팔다리에서 흘러내렸던 땀이 차갑게 말라붙었다. 낮에 노인은 미끼통을 덮었던 부대를 햇볕에 널어 말려 두었다. 그는 해가 지자 그 부대를 목에다 비끄러매고 등 쪽으로 내려가게 한 다음, 양어깨를 가로지르고 있는 낚싯줄 아래로 조심스럽게 밀어 넣었다. 부대가 일종의 쿠션 역할을 했으므로 줄의 힘이 덜 느껴졌다. 이물에다 대고 적당하게 앞으로 기대는 법을 알아낸 노인은 거의 편하게 느끼는 자세를 취할 수 있었다. 실제로는 그 자세가 그저 약간 견딜 만한 정도였지만 노인은 거의 편안한 자세라고 생각한 것이다.

지금은 나도 녀석을 어떻게 할 도리가 없고 녀석도 나를 어쩌지 못하고 있는 거야, 노인은 생각했다. 다만 녀석이 이 짓을 계속하는 한 저나 나나 별수가 없다는 건 분명해.

노인은 중간에 한 번 일어서서 뱃전 너머에 소변을 보고 나서 별을 보며 항로를 살펴보았다. 낚싯줄은 노인의 어깨에서 물속으로 곧게 뻗어 내려가 있었는데, 그 모양이 마치 인광의 줄무늬 같았다. 이제 그들은 보다 더 천천히 나아가고 있었으며, 아바나의 불빛이 그다지 강하지 않은 것으로 보아서 조류가 그들을 동쪽으로 데리고 가고 있음을 알 수 있었다. 만약에 아바나의 불빛이 보

이지 않게 된다면 더욱 확실하게 동쪽으로 가고 있는 것이 틀림없어, 노인은 생각했다. 만일 물고기가 제대로만 나아가고 있다면 아직 몇 시간은 더 불빛을 볼 수 있을 거야. 오늘 메이저리그의 야구 경기는 어떻게 되었을까. 배 위에서 라디오로 야구 경기를 듣는다면 정말 희한하고 즐거운 경험이 될 텐데. 그러다가 문득 노인은 물고기를 떠올렸다. 이제는 물고기 생각만 계속 해야지, 노인은 생각했다. 지금 하고 있는 일에나 신경 쓰자. 어리석은 행동은 금물이야.

그러고는 누구에게랄 것도 없이 다시 소리 내어 말했다.

"그 아이가 있으면 정말 좋겠는데, 나를 도와주고 이 근사한 장면도 구경할 수 있을 테고 말이야."

늙으면 혼자 있는 것이 썩 좋지 않아, 노인은 생각했다. 그러나 그건 나로서도 어쩔 수가 없는 일인걸. 이제는 더욱 힘을 낼 수 있도록 다랑어가 더 상하기 전에 먹어 둬야 해. 잊지 말고, 아무리 먹기 싫더라도 아침에는 저 다랑어를 꼭 먹어야 해. 기억하자, 노인은 스스로에게 다짐했다.

밤새 만새기 두 마리가 배 주위를 왔다 갔다 했다. 그들이 물속에서 뒹굴고 물을 뿜는 소리가 들렸다. 노인은 수컷이 물 뿜는 소

리와 암컷이 한숨 쉬듯 물을 뿜는 소리를 정확하게 구별했다.

"착한 놈들이야."

노인은 말했다.

"함께 놀고, 장난하고 부러울 정도로 서로 사랑한다는 말이야. 날치와 마찬가지로 우리는 서로 형제간이야."

노인은 그가 낚은 큰 물고기가 갑자기 불쌍하다는 생각이 들었다. 오늘 잡은 놈은 놀랍게 이상한 놈이다. 얼마나 나이를 먹은 놈인지도 알 수 없고. 이렇게 힘이 센 물고기를 잡아 본 적도 없었지만, 이처럼 이상하게 구는 놈도 처음 본다. 아마 매우 영리한 놈이라서 쉽게 물 밖으로 뛰어오르지 않는 모양이다. 만약 놈이 갑자기 뛰어오르거나 사납게 돌격이라도 하면 나는 질 수밖에 없다, 노인은 생각했다. 아마 녀석은 전에 여러 번 낚시에 걸려 본 경험이 있었을 거야. 그러니까 놈은 이렇게 싸워야 한다고 생각하고 있는지도 몰라. 저하고 겨루고 있는 상대가 겨우 한 사람이라는 것을, 그것도 노인이라는 사실을 녀석은 알 리가 없지. 그런데 이 놈은 대체 얼마나 큰 물고기일까? 살이 좋은 물고기라면 값이 꽤 나가겠지. 미끼를 문 느낌으로 봐서는 분명히 수컷 같다. 끌고 가는 것도 그렇고, 인간과 싸우는 데도 전혀 당황하는 기색이 없잖

아. 녀석이 무슨 계획으로 이러는 것인지, 또 나처럼 필사적인지도 통 알 수 없으니 답답하기 그지없구나.

노인은 한때 청새치 한 쌍을 발견했고, 그중에 한 마리를 낚았었다. 불현듯 그때가 생각났다. 청새치는 언제나 수컷이 암컷에게 먹이를 양보한다. 그날도 예외는 아니었다. 먼저 미끼를 먹던 암컷이 낚시에 걸렸다. 암컷은 공포에 질려 맹렬하게 버둥대다가 마침내 기진맥진해 버렸다. 그때 수컷은 시종일관 암컷 옆에 붙어서 낚싯줄을 넘나들며 해면을 돌고 있었다. 수컷이 너무나 바싹 붙어 있는 통에 노인은 조마조마했었다. 수컷의 몸통에서 낫처럼 날카롭고, 크기나 모양마저 낫처럼 생긴 꼬리가 보였기 때문이다. 그 꼬리로 낚싯줄을 끊어 버리지 않을까 염려됐던 것이다. 노인은 암컷을 갈고리로 끌어 올려서 몽둥이로 후려갈겼다. 가장자리가 사포처럼 생긴 창날 같은 부리를 잡고서 정수리를 때렸다. 마침내 물고기가 거의 거울의 뒷면과 같은 색깔로 변하자 아이가 도와서 배 안으로 끌어들였다. 그때까지도 수컷은 뱃전을 떠나지 않았다. 노인이 낚싯줄을 정리하고 작살을 준비하는데 수컷은 암컷이 어디 있나 확인이라도 하려는 듯 공중으로 높이 뛰어올랐다. 그러더니 잠시 가슴지느러미인 엷은 자줏빛 날개를 활짝 펴서 화려한

무늬를 보여 주더니 이내 물속 깊이 들어가 버렸다. 참으로 아름다운 놈이었어. 오랫동안 암컷 곁에 붙어 있었지, 하고 노인은 당시의 상황을 떠올렸다.

그것이 평생 고기잡이를 하면서 본 광경 중에서 제일 슬픈 광경이었지, 노인은 생각했다. 그 아이도 슬퍼했지. 그 아이와 나는 물고기에게 용서를 구하기까지 했었어. 그리고 이내 암컷을 처치해 버렸는데…….

"그 아이가 지금 여기 있다면 얼마나 좋을까?"

노인은 습관적으로 중얼거리며 둥그스름한 이물의 널빤지에 몸을 기댔다. 등을 가로질러 멘 낚싯줄을 통해, 선택한 방향으로 꾸준히 달리고 있는 물고기의 무게를 느낄 수 있었다. 내게 걸려든 이상 너도 어떤 짓이든 해야만 했을 거야, 노인은 생각했다. 이런 경우 대부분 물고기의 선택이란 모든 올가미나 함정 그리고 배신이 미치지 못하는, 아주 멀고 깊고 어두운 바닷속에 남아 있자는 것이지. 하지만 나의 선택은 이 세상 모든 사람을 다 제쳐 두고서라도 바로 나 자신이 그를 찾아서 그곳으로 가는 것이다. 우리는 정오부터 오로지 둘만 같이 있게 된 거야. 물고기나 나나 주위에 아무도 없으니 둘 다 어떤 도움도 받을 수 없어.

아마 나는 어부가 되지 말았어야 했는지도 몰라, 순간 노인은 그런 생각을 했다. 그러나 나는 어부가 되려고 태어났다. 그것은 틀림없는 사실이야. 그러니 날이 밝거든 잊지 말고 꼭 다랑어를 먹어야 해. 노인은 다시 다짐을 했다.

날이 밝기 조금 전에 노인의 뒤쪽에 있는 낚시 미끼 중 하나에 무엇인가 걸리는 느낌을 받았다. 잠시 후에 막대기가 부러지고 뱃전 너머로 줄이 마구 풀리는 소리가 들렸다. 어둠 속에서도 노인은 선원용 나이프를 빼 들고 큰 물고기의 중량을 왼편 어깨로 버티면서 뱃전에다 댄 낚싯줄을 끊어 버렸다. 그리고 더듬더듬 어둠 속에서 예비 사리의 끄트머리까지 단단히 비끄러맸다. 그는 한 손으로도 솜씨 좋게 일을 끝낼 수 있었다. 매듭을 맬 때는 한쪽 발을 그 사이에 대고 눌렀다. 이제 노인은 여분의 낚싯줄 사리를 여섯 개나 가진 셈이 되었다. 막 잘라 낸 데서 두 개가 생겼고, 둘은 물고기가 미끼를 따 먹어 버린 데서 거두어들인 것이다. 이제 그것들을 모두 연결해 놓았다.

날이 밝거든 칠십 미터짜리 줄이 있는 곳으로 가서, 그것도 끊어서 예비 사리에 이어 놓아야지. 잘못하면 삼백육십 미터짜리 질 좋은 카탈루냐산 낚싯줄과 목줄을 잃고 말겠군. 하지만 그것들은

언제나 새로 구할 수 있어. 내가 다른 물고기를 낚느라 이 녀석을 놓쳐 버린다면 그게 무슨 소용이 있겠어? 지금 막 미끼를 따 먹은 물고기가 무엇인지 모르겠어. 청새치나 황새치, 아니면 상어였겠지. 줄을 잘라 내는 데에만 급급해서 미처 어떤 놈인지 느껴 보지도 못했네.

노인은 소리 내어 말했다.

"그 아이가 있다면 오죽이나 좋아."

그러나 아무리 그래도 지금 그 아이는 없지 않은가, 노인은 생각했다. 혼자밖에 없다. 이제 어둡든 밝든 마지막 낚싯줄이 있는 데로 가서 그 줄마저 끊어 버리고 두 개의 예비 사리를 마저 만들어 두는 것이 최선책인 것 같았다.

노인은 주저하지 않고 그렇게 했다. 어두운 데서 이런 일을 하기란 결코 쉽지 않았다. 한번은 물고기가 푸득거리는 통에 얼굴을 처박고 넘어졌는데, 그만 눈 아래가 찢기고 말았다. 피가 조금 뺨을 타고 흘렀다. 그러나 피는 턱까지 내려오기도 전에 응고되고 말았다. 노인은 이물 쪽으로 돌아가서 뱃전에 기대 쉬었다. 노인은 부대를 잘 조정하면서 낚싯줄을 조심스럽게 옮겼다. 지금까지 걸치고 있던 어깨의 위치를 조금 옮겨 메고 그 자리에다 다시

줄을 고정했다. 물고기가 끄는 힘을 조심스럽게 감지해 보며 손을 물에 담가 배가 어느 정도의 속도로 이동하고 있는지 알아보기도 했다.

물고기가 무엇 때문에 갑자기 요동을 쳤을까, 노인은 생각해 보았다. 틀림없이 낚싯줄이 그 커다란 잔등 위를 스쳤을 거야. 하지만 아무리 그래도 녀석의 등은 내 등만큼 아프지는 않을 것이다. 녀석은 이 배를 영원히 끌고 갈 수 없을 테지. 제 놈이 아무리 크다고 할지라도 말이야. 이제 성가신 일은 다 해결된 셈이고 예비 사리도 많이 준비해 두었으니 이 이상 바랄 것은 없어.

"물고기야."

노인은 가만히 말했다.

"나는 죽을 때까지 너하고 같이 있으마."

물론 저도 나하고 같이 있겠지, 하고 생각하며 노인은 어서 날이 밝기를 기다렸다. 날이 밝기 직전이라 몹시 추웠다. 그래서 노인은 몸을 녹이려고 뱃전에다 대고 이곳저곳을 문질렀다. 녀석이 할 수 있는 데까지는 나도 버틸 수 있어, 하고 노인은 생각했다.

날이 훤히 밝아 오자 갑자기 낚싯줄이 팽팽히 당겨지더니 물속으로 내려갔다. 배는 계속 끌려가고 있었다. 해가 한쪽 이마를 내

밀었을 때쯤 되자 빛이 노인의 어깨 위에 닿았다.

"녀석이 북쪽을 향하고 있구나."

노인은 예사롭게 중얼거리며 조류가 배를 훨씬 동쪽으로 몰고 갈 것이라고 생각했다. 녀석이 조류를 따라서 돌아 주었으면 좋겠다. 그것은 바로 물고기가 지쳤다는 표시니까.

해가 보다 높이 떠올랐다. 그러나 노인은 그때까지도 물고기가 지치지 않았다는 것을 눈치챌 수 있었다. 단 한 가지 좋은 징조가 눈에 띄었다. 낚싯줄의 경사로 봐서 물고기가 덜 깊은 곳에서 헤엄쳐 가고 있다는 사실을 알 수 있었던 것이다. 그렇다고 반드시 놈이 뛰어오르리라고 볼 수는 없었다. 그러나 최소한의 가망은 있었다.

"하느님, 제발 뛰어오르게 해 주소서."

노인은 기도하듯이 말했다.

"제게는 아직 녀석을 다룰 수 있는 줄이 충분히 있습니다."

내가 만일 조금만 더 줄을 팽팽히 당겨도 놈은 아파서 금방 뛰어오를 거다, 노인은 생각했다. 이제 날이 밝았으니 녀석이 뛰어오르도록 해야겠어. 그리고 등뼈에 붙어 있는 주머니에 공기가 차서 더는 깊은 곳으로 내려가서 죽지 못하도록 해야지.

노인은 낚싯줄을 좀 더 당겨 보려고 애썼지만 줄은 물고기를 처음 낚았을 때부터 줄곧 팽팽한 상태 그대로였다. 조금만 당겨도 곧 끊어질 듯했다. 그래도 노인이 잡아끌려고 몸을 뒤로 젖히자, 곧바로 물고기의 거친 반응이 전해졌다. 순간, 더는 잡아당겨서는 안 되겠다는 생각이 들었다. 아무렴, 홱 잡아당겨서는 안 되고말고. 왈칵 잡아당길 때마다 낚시에 찢긴 상처가 넓어져서 어느 순간 녀석이 뛰어오를 때 바늘이 빠져나갈지도 몰라. 하여튼 해가 뜨니까 기분이 한결 나아지는 것 같은데. 이번에는 해를 똑바로 쳐다보지 않도록 자리를 잡아야지.

줄에는 누런 해초가 걸려 있었지만 노인은 물고기가 그것까지 끄느라 더 힘들 것이라는 생각이 들어 오히려 기분이 좋아졌다. 그것은 밤에 그렇게도 인광을 내던 누런 모자반류 해초였다.

"물고기야, 난 네가 좋아. 또 너를 대단히 존경하게 되었어. 그렇지만 오늘 안으로 반드시 너를 죽이고 말거야."

아니 그렇게 되기를 기도하자고 노인은 다짐했다. 그때 마침 작은 새 한 마리가 북쪽에서부터 배를 향해 날아왔다. 휘파람새였다. 새는 해면 위를 얕게 날고 있었다. 노인이 보기에 그 새는 무척 지쳐 있었다. 잠시 후 새는 배의 뱃고물로 날아와 앉았다. 그러

다가 노인의 주변을 빙빙 돌더니 조금은 안심이 되었는지 좀 더 편한 낚싯줄 위에 앉았다.

"너는 몇 살이지?"

노인은 새에게 물었다.

"이번이 첫 여행이냐?"

노인이 말하자, 새는 노인을 쳐다보았다. 그러나 새는 너무 지쳐서 낚싯줄을 미처 살피지 못하고 있었다. 그래서 가냘픈 발로 줄을 꽉 잡고 물고기가 움직이는 힘에 따라 위아래로 기우뚱거렸다.

"줄은 튼튼하단다."

노인이 새를 보며 말했다.

"아주 튼튼해. 간밤에는 바람도 별로 없었는데 그렇게 지치다니. 너처럼 가냘픈 새들은 결국 어떻게 되는 것일까?"

언제나 즐겁지만은 않을 것이다. 조금 있으면 매가 새들을 찾아 바다로 날아오겠지, 하고 노인은 생각했다. 그러나 그 말을 새에게 직접 하지는 않았다. 해 봐야 알아듣지도 못할 테고, 또 얼마 안 있어 그 새도 주변에 매가 있음을 알게 될 테니까.

"푹 쉬어라, 작은 새야."

노인은 말했다.

"그리고 어디든 열심히 날아가서 사람이나 새나 물고기처럼, 되든 안 되든 모험을 한번 해 보렴."

밤새 낚싯줄을 메고 있었더니 등이 뻣뻣해졌고 이제는 정말이지 너무 아팠다. 그래서 자꾸 말을 하게 되는 것 같았다.

"그리고 너만 좋거든 아예 여기 내 집에서 살아라, 새야."

노인이 말했다.

"미풍이 일기 시작하니 돛을 감아올려 너를 미풍에 실어 줄 수 없구나. 미안하다. 그러나 너는 내 친구야."

바로 그때, 물고기가 갑자기 요동을 쳤다. 노인은 그만 이물 쪽으로 고꾸라졌다. 노인이 반사적으로 발로 버티면서 줄을 좀 놓아 주지 않았더라면 물속으로 끌려 들어갈 뻔했다. 낚싯줄을 홱 당길 때 새는 이미 날아가 버렸다. 그러나 노인은 그 모습도 보지 못했다. 노인은 오른손으로 조심스럽게 줄을 만져 보다가 손에서 피가 흐르는 것을 발견했다.

"뭔지 모르지만 무언가가 저 물고기를 아프게 했군그래."

노인은 중얼거리다가 말고 물고기의 방향을 돌릴 수 있는지 알아보기 위해 살짝 줄을 잡아당겨 보았다. 줄이 끊어질 정도로 팽팽해졌지만 노인은 줄을 꼭 쥔 채 뒤로 몸을 버텼다.

"이제는 내가 너를 낚는다는 것을 알았구나?"

노인은 말했다.

"사실은 나도 마찬가지야."

노인은 이 순간 새가 같이 있어 주었으면, 하는 생각이 간절했다. 하지만 사방을 둘러보아도 새는 이미 날아가 버리고 없었다.

얼마 쉬지도 못하고 가 버렸구나, 하고 노인은 생각했다. 해변에 닿을 때까지 더욱 험한 길을 지나야 할 거야. 그런데 물고기가 한 번 성급히 잡아당긴 정도로 다치다니, 도대체 내가 어떻게 된 거 아냐? 틀림없이 멍청해지고 있는 모양이야. 아니면 아까 그 작은 새를 쳐다보다 정신을 놓고 있었든지. 이제는 물고기 일에만 정신을 쏟고, 더 힘이 빠지기 전에 다랑어나 먹어 둬야겠다.

"그 아이가 여기 있다면 정말 좋으련만, 그리고 소금도 좀 있으면 얼마나 좋을까."

노인은 다시 중얼거렸다.

노인은 낚싯줄을 왼쪽 어깨로 옮긴 뒤에 무릎을 꿇고 조심조심 바닷물에 손을 씻었다. 한동안 손을 물에 담그고 있자 피가 길게 길을 내며 새어 나오는 것이 보였다. 배는 계속해서 나아가고 있었고, 그때마다 손에 물이 찰싹거리며 부딪쳤다.

"놈이 훨씬 느려졌구나."

노인은 말했다.

노인은 좀 더 오랫동안 물에 손을 담그고 싶었지만 물고기가 또 갑자기 요동을 칠까 봐 두려웠다. 그래서 몸을 똑바로 편 뒤 발로 버틴 채 손을 쳐들어 햇빛에 말렸다. 살이 터진 것은 낚싯줄에 베여서다. 공교롭게도 베인 곳이 낚시에서 제일 요긴하게 쓰는 부분이었다. 노인은 이 일이 끝나기까지 계속 손이 필요하다는 사실을 잘 알고 있었기 때문에 일을 시작하기도 전에 손을 다치고 싶지 않았던 것이다.

"자."

손이 다 마르자 노인은 말했다.

"이제는 다랑어 새끼를 먹어야겠다. 갈고릿대로 끌어다가 여기 앉아서 편하게 먹어야지."

그는 무릎을 꿇고 갈고릿대로 뱃고물 아래쪽에서 다랑어를 찾아냈다. 그러고는 사려 놓은 낚싯줄에 닿지 않게 주의를 기울여 자신의 앞으로 끌어당겼다. 다시 왼편 어깨로 줄을 옮겨 메고 왼손과 팔로 몸을 버티면서 갈고릿대에서 다랑어를 빼낸 다음 갈고릿대는 도로 제자리에 가져다 두었다. 노인은 한쪽 무릎으로 물고

기를 누르고 머리에서 꼬리까지 등을 따라 세로로 길게 칼집을 낸 후 검붉은 살점을 발라냈다.

물고기가 쐐기 모양이 되자 바로 등뼈에서 배까지 바싹 칼질을 해서 잘랐다. 그것을 다시 여섯 조각으로 잘라서 이물 판자 위에 펴 놓은 뒤 칼은 바지에 문질러 닦았다. 나머지 뼈대는 꼬리 쪽을 잡아서 뱃전 너머로 던져 버렸다.

"한쪽을 통째로 다 먹을 수 있을 것 같지가 않은데."

노인은 그렇게 중얼거리며 살점을 칼로 잘랐다. 노인은 큰 물고 기가 여전히 줄을 세게 끌어당기고 있다는 것을 감지했다. 왼손에 쥐가 났다. 무거운 줄을 잡은 손이 오그라들고 있었다. 노인은 넌 더리를 치면서 손을 쳐다보았다.

"이놈의 손은 도대체 어떻게 된 거야?"

노인은 말했다.

"쥐가 나려면 나 보라지. 제 멋대로 매 발톱처럼 오그라들라면 들라고. 그래 봐야 아무 소용이 없을걸."

노인은 중얼거리면서 컴컴한 물속으로 비스듬히 내려가 잠겨 있는 낚싯줄을 쳐다보았다. 지금 먹어야 이 손이 펴질 것이다, 노 인은 생각했다. 손이 잘못한 것은 아니지 않는가. 벌써 여러 시간

동안 물고기와 씨름하고 있다. 그러나 나는 언제까지라도 싸울 수 있다. 이제 다랑어나 먹어 둬야지.

노인은 살점을 한 점 집어 입에 넣고 천천히 씹었다. 맛이 괜찮았다. 천천히 잘 씹어서 국물까지 죄다 섭취해야 돼, 노인은 생각했다. 이럴 때 소금이 좀 있었으면 먹기가 더욱 좋을 텐데…….

"손아, 너는 좀 어떠냐?"

거의 사후경직 상태처럼 뻣뻣해진 손에다 대고 노인은 걱정스러운 듯 물었다.

"내 너를 위해 먹기 싫어도 좀 더 먹어 두마."

노인은 두 쪽으로 잘라 둔 것 중에 남은 한쪽을 마저 입에 넣었다. 조심스럽게 씹다가 껍질만 뱉었다.

"손아, 이제는 좀 어때? 좀 더 있어야 알겠니?"

노인은 한쪽을 더 집어서 이번에는 통째로 씹었다. 다랑어란 놈은 살이 단단하고 피가 많은 물고기란 말이지, 하고 노인은 생각했다. 그래도 만새기 대신 이놈을 잡게 된 것이 다행이다. 만새기는 너무 달단 말이야. 이것은 거의 단맛이 없고 아직도 살이 단단한데.

역시 실질적인 생각 이외에는 모든 것이 다 무의미해, 노인은

생각했다. 소금이 조금 있었으면 좋겠다. 물론 그것은 바람일 뿐이지만. 그런데 나머지 살점이 햇볕에 썩을 것인지 마를 것인지 알 수 없으니 별로 시장하지는 않지만 먹어 두는 것이 낫겠어. 물속에 있는 물고기는 아직도 잠잠하고 침착하구나. 나도 이것을 다 먹고 만반의 준비를 해야 한다.

"손아, 네가 좀 참아다오."

노인은 말했다.

"너 때문에 이것을 먹는단다."

노인은 순간 물속에 있는 저 물고기에게도 이것을 좀 먹였으면, 노인은 생각했다. 형제니까 말이야. 하지만 나는 그 물고기를 죽여야 하고, 그러기 위해서는 힘이 있어야만 해.

노인은 쐐기 모양의 고깃점을 천천히 조심스럽게 죄다 씹어 먹었다. 노인은 허리를 쭉 펴 보며 바지에 손을 닦았다.

"자."

노인은 말했다.

"손아, 이제는 줄을 놔도 좋다. 네가 그 뻣뻣해지는 바보짓을 그만둘 때까진 오른팔로만 물고기를 다루겠어."

노인은 왼손으로 붙들고 있었던 줄을 왼발로 밟았다. 그리고 몸

을 젖히면서 등을 눌러 대는 무게를 버티어 내려고 애썼다.

"하느님, 제발 쥐가 낫도록 도와주십시오."

노인이 기도하듯 말했다.

"물고기가 무슨 짓을 하려는지 도대체 알 수가 있어야지요."

그러나 물고기는 침착하게 자신의 계획을 착착 진행하고 있는 것 같았다. 그런데 물고기의 계획이란 도대체 무엇일까, 노인은 생각해 보았다. 또 나의 계획은 무엇이지? 물고기는 엄청나게 크니 내 계획은 녀석의 계획에 맞춰서 임시변통으로 바꿔 가지 않을 수 없단 말이야. 놈이 물 밖으로 뛰어 오르기만 하면 죽일 수가 있는데, 녀석은 언제까지 물속에 있을 참인지. 그렇다면 나도 언제까지나 녀석과 함께 물 위에 있을 거야.

노인은 쥐가 난 손을 바지에 대고 문질러서 손가락을 풀어 보려고 애썼다. 그러나 손은 쉽게 펴질 것 같지 않았다. 해가 나면 펴지겠지, 노인은 자신의 마음을 위안했다. 금방 먹은 싱싱한 날다랑어가 소화되면 펴질 거야. 만일 이 손이 꼭 필요한 경우에는 무슨 수를 써서라도 펴고 말 거야.

그러나 노인은 지금 손을 억지로 펴고 싶지 않았다. 노인은 무심코 바다 저편을 바라보았다. 순간 노인은 자신이 지금 얼마나

외로운지 깨달았다. 그러나 그는 깊고 어두운 물속에서 프리즘 현상을 볼 수 있었고 팽팽하게 앞으로 뻗어 나간 낚싯줄과, 잔잔한 가운데서도 이상한 파동이 이는 파도의 현상을 볼 수 있었다. 무역풍 때문에 어디선지 구름이 모여들고 있었다. 앞을 보니 한 떼의 물오리가 바로 위의 하늘을 배경으로 뚜렷이 나타났다가 흐려지고 다시 또 뚜렷이 나타나곤 했다. 노인은 그 모습을 보며 어느 누구도 바다에서는 외롭지 않다는 것을 깨달았다.

어떤 사람들은 작은 배를 타고 육지가 보이지 않는 먼바다까지 나가는 것을 두렵다고들 한다. 어째서 그런 생각을 할 수 있을까, 노인은 생각했다. 하긴 갑자기 악천후가 겹치는 계절에는 그럴 수도 있지. 그러나 지금은 태풍이 부는 계절이고, 만약 태풍만 불지 않는다면 기후는 일 년 중에 가장 좋은 때다.

만약에 태풍이 오려고 할 때 바다에 나가 있으면 언제나 며칠 앞서 하늘에 그 징조가 나타나게 마련이다. 다만 육지에서는 무엇을 봐야 할지 모르기 때문에 그 징조를 보지 못하는 것이라고 그는 생각했다. 육지가 구름의 모양을 바꾸어 놓는 것도 사실이다. 그러나 지금은 구름의 모양을 보아하니 태풍이 오지 않을 것 같았다. 하늘을 올려다보니 친근한 아이스크림 같은 흰 적운이

보이고, 창공에는 드높은 구월 하늘을 배경으로 엷은 깃털 같은 권층운이 널려 있었다.

"가벼운 브리사('산들바람' 또는 '무역풍'이라는 뜻의 스페인어_옮긴이)로군."

노인은 말했다.

"물고기야. 오늘은 너보다는 나한테 유리한 날씨로구나."

왼손은 아직도 쥐가 풀리지 않은 상태이므로 노인은 천천히 쥐를 풀어 주고 있었다.

이런 경우는 정말 질색이야, 노인은 생각했다. 쥐가 나는 것은 나의 몸을 배반하는 일이다. 타인 앞에서 프토마인 중독으로 설사를 한다든지, 구토를 하는 것은 창피한 노릇이지. 쥐가 난다는 것(노인은 그것을 스페인어로 '칼람브레'라고 기억했다)은 역시 혼자 있는 자신을 모독하는 일이야. 노인은 특히 혼자 있을 때 쥐가 나는 것을 창피하게 여기곤 했다.

만약에 소년이 지금 여기 있다면 팔을 주물러서 근육을 풀어 줄텐데, 노인은 생각했다. 그래도 결국 풀어지기는 할 거야.

그때였다. 그는 이제껏 오른손으로 쥔 줄에 느껴지던 힘이 달라진 것을 감지했고, 뒤이어 물속에 숨어 있던 낚싯줄이 천천히 위

로 올라오는 모습을 보았다.

"드디어 녀석이 올라오는군."

노인은 말했다.

"어서 가까이 와라, 제발 가까이 와."

줄은 천천히, 그리고 꾸준히 올라왔다. 그리고 어느 순간 갑자기 배의 앞쪽 해면이 소용돌이치더니 물고기의 몸통을 중심으로 해서 양쪽으로 물이 갈라지며 쏟아져 내렸다. 드디어 놈이 모습을 드러냈다. 햇빛을 받아 번쩍거리는 머리와 등은 짙은 자줏빛이었고 옆구리는 야구방망이처럼 길고 끝이 쌍날칼처럼 뾰족했다. 그러나 놈은 잠깐 물 밖으로 전신을 드러내 보이더니 잠수부처럼 유유히 다시 물속으로 들어가 버렸다. 노인은 물고기의 낫날 같은 꼬리가 물속으로 들어가면서 동시에 줄이 재빨리 풀리는 것을 보았다.

"이 배보다 칠십 센티미터나 길군."

노인은 감탄조로 중얼거렸다. 줄이 풀려 나가는 속도가 빠르기는 하지만 일정하게 풀리는 것으로 보아 물고기는 당황하지 않은 것 같았다. 노인은 두 손으로 줄이 끊어지지 않을 정도만 당겨 보려고 했다. 일정하게 당겨서 물고기의 속력을 늦추지 않으면 줄을

있는 대로 끌고 가서 마침내 끊어 버릴지도 모르기 때문이다.

굉장한 물고기다. 반드시 놈을 해치워야 한다, 노인은 생각했다. 제 힘이 얼마나 되는지, 또 자신이 달아나겠다고 마음먹으면 무슨 짓이든지 할 수 있다는 것을 알게 해서는 안 된다. 내가 저 물고기라면 지금 당장 어떤 짓이라도 해서 요절을 내놓고 말 텐데. 그러나 고맙게도 물고기들은 그들을 죽이는 우리 인간처럼 영리하지 못하거든. 물론 어떤 때는 우리들보다 훨씬 기품 있고 능력 있기는 하지만.

노인은 그동안 커다란 물고기를 많이 보았다. 오백 킬로그램 이상 나가는 것도 많이 보았고, 그런 큰 물고기를 두 마리나 잡은 적도 있었다. 물론 그때는 혼자서 잡은 것이 아니었다. 그런데 지금은 단지 혼자서, 육지도 보이지 않는 이곳 먼바다에서, 평생 처음 보는 커다란 물고기를, 그것도 말로 듣던 것보다 훨씬 더 큰 물고기와 맞붙고 있다. 그런데 왼손은 아직도 매의 발톱처럼 오그라들어 꼭 붙어 있다.

그래도 곧 풀릴 거야, 노인은 생각했다. 틀림없이 쥐가 풀려서 오른손을 도와줄 거야. 나에게 형제라고 할 수 있는 것이 셋 있다. 바로 저 물고기와 내 두 손이다. 그러니 쥐가 난 손이 언젠가 풀리

기는 반드시 풀릴 것이다. 쥐가 나다니! 못난이같이. 물고기는 다시 속력을 늦춘 채 평소와 같은 빠르기로 달리고 있었다.

아까는 어째서 녀석이 뛰어올랐는지 참 모를 일이란 말이야, 노인은 생각했다. 물고기는 마치 제가 얼마나 큰지 한번 보라는 듯이 뛰어오른 모양이다. 하여튼 이제 나는 너란 놈을 알 것 같다. 나도 내가 어떤 사람인지 너에게 알리고 싶구나. 그렇게 되면 너는 쥐가 난 내 손을 보게 되겠지. 그렇게 되면 큰일이다. 어떻게 해서든 내가 실제보다 더 강한 인간으로 보이도록 해야 해. 반드시 그렇게 하고 말 거야. 노인은 계속해서 생각했다. 의지와 지혜밖에 없는 나에게 맞서고 있는, 모든 것을 가진 저 물고기가 참으로 부럽구나.

노인은 가능한 한 편한 자세로 뱃전에 몸을 기댄 채 고통을 견디려 애썼다. 물고기는 꾸준히 헤엄쳤고, 배는 어두운 물살을 헤치며 천천히 나아갔다. 샛바람이 불자 파도가 약간 일었고, 한낮이 되자 노인의 왼손에 났던 쥐도 풀렸다.

"물고기야, 너에게는 좋지 않은 소식이다."

그는 조금 가벼운 마음으로 중얼거리면서 어깨를 덮고 있던 부대를 매만지며 다시 줄을 옮겼다. 마음이 조금 편안해졌다가 금세

고통스러워졌다.

"나는 신앙이 깊은 사람은 아니지만……."

노인은 중얼거렸다.

"지금부터 이 물고기를 잡게 해 달라고 주기도문과, 성모송을 열 번씩이라도 외우겠어. 그리고 만약 물고기를 잡기만 한다면 '코브레(쿠바에 있는 대성당_옮긴이)'로 순례를 가겠다. 맹세해!"

노인은 기계적으로 기도문을 외우기 시작했다. 이따금씩 너무 피곤해서 기도문이 기억나지 않기도 했지만, 다시 재빨리 외워 보면 자동적으로 다음 구절이 떠오르고는 했다. 그가 생각하기에 는 성모송이 주기도문보다 쉬웠다.

"은총이 가득하신 마리아여, 기뻐하소서. 주께서 함께하시니 여인 중에 복되시며, 태중의 아들 예수 또한 복되시도다. 천주의 성모 마리아여, 이제와 우리 죽을 때에 우리 죄인을 위하여 빌어 주소서. 아멘."

그리고 노인은 한마디 더 덧붙였다.

"복되신 마리아여, 마지막으로 이 물고기의 죽음을 위하여 기 도해 주십시오. 훌륭한 물고기이긴 합니다만요."

기도를 마치자 기분이 한결 나아졌으나 고통스러운 것은 마찬

가지였다. 아니, 아까보다 더 괴로워졌다. 그래서 노인은 뱃머리의 판자에 몸을 기댄 채 기계적으로 왼 손가락을 쥐었다 폈다 반복하기 시작했다.

미풍이 가볍게 일고 있었으나 햇볕은 제법 따가웠다.

"작은 줄에 미끼를 새로 달아서 뱃고물 쪽으로 드리워 놓는 게 좋겠는데."

노인은 중얼거리기 시작했다.

"만일 녀석이 이대로 하룻밤을 더 견뎌 볼 생각이라면 나도 뭐라도 좀 먹어 두어야 하니까. 병 속의 물도 거의 떨어질 지경이고. 여기서는 만새기밖에는 잡힐 것 같지 않구나. 오늘 밤엔 날치라도 배 위로 날아와 주면 좋으련만, 날치를 끌어들일 만한 불이 있어야 말이지. 날치는 날로 먹어도 맛이 썩 좋고, 칼질할 필요도 없는데……. 이젠 최대한 힘을 아껴야겠다. 놈이 이렇게 클 줄은 정말 몰랐단 말이야. 그래도 끝까지 놓지 않고 잡고 말 테야."

노인은 마지막 말에 더욱 힘을 주었다.

"그의 모든 위대함과 영광을 누릴 수 있도록."

생명을 죽이는 게 옳은 일은 아니지만, 인간이 어떤 일을 할 수 있는지, 또 인간이 얼마나 역경에 잘 이겨 낼 수 있는지를 저놈에

게 보여 주고 말겠어, 노인은 생각했다.

"그동안 아이에게 내가 이상한 노인이라고 말하곤 했었지. 지금이야말로 그 말을 증명할 때다."

그는 중얼거렸다.

지금까지 수천 번이나 그것을 증명했지만, 지금 와서는 그게 다 무의미한 것 같았다. 그래서 노인은 지금 또다시 새롭게 증명해 보이려는 것이다. 증명은 늘 처음 하는 일 같았고, 그럴 때 과거의 일은 전혀 생각하지 않았다.

녀석이 잠들고, 나도 잠들어서 사자 꿈이나 꾸었으면 좋겠는데, 노인은 생각했다. 하지만 이 순간 어째서 갑자기 사자가 중요한 것처럼 느껴진담? 늙은이, 아무 생각도 하지 말게. 노인은 계속 중얼거렸다. 뱃전에 기대 쉬면서, 아무것도 생각지 말게. 물고기란 녀석은 계속해서 움직이고 있단 말일세. 그러니 자네는 될수록 움직이지 말라고. 힘을 아껴야지.

시간은 오후로 접어들고 있었다. 배는 아직도 천천히, 꾸준히 움직여 가는 중이었다. 그러나 이제 동쪽에서 불어오는 산들바람 때문에 배는 더 느리게 끌려갔고 노인은 잔잔한 바다를 노를 저어 나아갔다. 밧줄 때문에 등이 아프던 것도 한결 나았고, 견디기

156

쉬워졌다.

오후에 한 번 더 줄이 올라오기 시작했다. 그러나 물고기는 수면 쪽으로 약간만 올라왔을 뿐 계속해서 물속을 헤쳐 나아갔다. 노인의 왼팔과 어깨, 등에 햇볕이 내리쬐었다. 그래서 그는 물고기가 동북쪽으로 방향을 돌렸다는 사실을 알았다.

노인은 물고기를 한 번 보았기 때문에, 물고기가 물속에서 멋진 자줏빛 가슴지느러미를 날개처럼 활짝 편 채 크고 꼿꼿한 꼬리로 어두운 물속을 가르면서 나아가는 모양을 그려 볼 수 있었다. 녀석의 눈은 굉장히 컸었다. 전에 보니까, 말은 그보다 훨씬 작은 눈으로도 어둠 속에서 무엇이든 볼 수 있었는데. 나도 전에는 어둠 속에서 썩 잘 볼 수 있었어. 아주 깜깜한 데까진 못 봤지만, 고양이만큼은 눈이 좋은 편이었지.

해도 뜨고 손가락도 꾸준히 움직여 준 덕분에 이제 왼손에 난 쥐가 완전히 풀렸다. 이제는 힘을 왼손에다 싣기 시작했다. 등의 근육을 조금씩 움직여서 줄이 닿아 아픈 곳을 살살 풀었다.

"물고기야, 만약 네가 아직도 지치지 않았다면, 너도 나처럼 참 이상한 게 분명하구나."

그는 소리 내어 말했다.

노인은 이제 지칠 대로 지쳤고, 곧 밤도 될 것 같았다. 노인은 다른 것들을 생각하려고 애썼다. 그는 야구 리그를 떠올렸다. 노인은 그것을 메이저리그라는 영어보다는 스페인어로 '그란리가스'라고 하는 편이 좋았다. 노인은 뉴욕의 '양키스' 팀과 디트로이트의 '타이거스' 팀이 시합 중인 것을 알고 있었다.

시합 결과도 모른 게 오늘이 벌써 이틀째다. 그러나 내 일에 신념을 가져야지. 발뒤꿈치 뼈가 아픈 데도 끝까지 시합을 해 내는 위대한 '디마지오'에게 부끄럽지 않도록 해야 한다. 발뒤꿈치 뼈 타박상이란 건 어떤 병일까? 노인은 스스로에게 그 병에 대해서 물었다. 우리는 그런 병은 걸리지 않는데. 그건 싸움닭의 쇠발톱을 발뒤꿈치에 박은 것만큼 아플까? 나는 싸움닭처럼, 쇠발톱을 다는 아픔을 견딘다거나 한쪽 또는 양쪽 눈이 빠진 상태로 싸움을 계속하는 일은 못 할 거야. 인간은 훌륭한 새나 짐승과 비교할 바가 못 돼. 그래서 나는 지금도 저 컴컴한 바닷속에 있는 물고기가 되고 싶구나.

"상어만 나타나지 않는다면."

그는 큰 소리로 말했다.

"상어가 오면 이제 너나 나나 볼장 다 본 거다."

디마지오가 만약 나와 같은 상황에 처한다면, 내가 지금 이 녀석과 겨뤄 이겨내는 만큼 오래 견뎌 낼 수 있을까, 그는 생각했다. 물론 그럴 수도 있겠지. 그는 젊고 힘이 있으니까 더 잘 버틸 수도 있을 거다. 그리고 그의 아버지도 어부였으니까. 그런데 뼈 타박상이 그렇게도 아픈 병일까?

"그야 알 수 없지."

그는 소리 내어 말했다.

"나는 아직까지 뼈를 앓아 본 일은 없으니까."

해가 지자, 노인은 자신에게 좀 더 자신감을 불어넣으려고 노력했다. 노인은 카사블랑카에 있는 술집에서 시엔푸에고스에서 왔다는 흑인과 팔씨름하던 일을 기억해 냈다. 그 흑인은 부두에서 제일 힘이 세기로 유명했다. 그들은 테이블 위에 분필로 줄을 긋고, 그곳에 팔꿈치를 놓고 팔을 꼿꼿이 세웠다. 그리고 서로의 손을 움켜잡은 채 하루 낮, 밤을 새웠다. 상대방의 손을 테이블 위에 넘어뜨리려고 애를 썼다. 둘의 승패에 돈을 거는 사람이 많았고, 석유 불빛 아래서 사람들이 웅성거리며 들락날락했다.

그는 흑인의 팔과 손과 얼굴을 똑바로 바라보았다. 처음 여덟 시간이 지나자, 심판이 잠을 잘 수 있도록 네 시간마다 심판을 바

꿨다. 두 사람의 손톱 밑에서 피까지 나왔다. 두 사람은 서로 상대방의 눈과 손과 팔을 쳐다본 채 꼼짝도 하지 않았고, 돈을 건 사람들은 초조한 심정으로 방을 들락거리며, 벽에 기댄 높다란 의자에 앉아서 시합을 지켜보고 있었다. 판자 벽은 하늘색으로 칠해져 있었으며, 램프 불이 벽에 그림자를 만들고 있었다. 흑인의 그림자는 엄청나게 컸는데, 미풍에 램프 불이 흔들릴 때마다 벽의 그림자도 흔들렸다.

밤새도록 승부는 결정 나지 않았다. 사람들은 흑인에게 럼주를 먹이고 담배를 물려 주었다. 술을 마신 흑인은 사력을 다해 안간힘을 쓰더니, 마침내 노인의, 아니 그때는 노인이 아니라, 산티아고 선수의 손을 거의 팔 센티미터가량이나 눕혔다. 그러나 그도 죽을힘을 다해 팔을 다시 세웠다. 그때 노인은 잘생기고 훌륭한 체력을 가진 이 흑인을 이길 수 있겠다는 확신이 생겼다. 새벽이 되어 돈을 건 사람들이 무승부 판결을 요구하고 심판마저 고개를 흔들 무렵, 그는 마지막 힘을 내서 흑인의 손을 점점 아래로 꺾어 내리더니 마침내 테이블에 닿게 만들었다. 시합은 결국 일요일 아침에 시작해서 월요일 아침에야 끝이 났다. 돈을 건 대부분의 사람들은 부두에 나가서 설탕 부대를 지거나 아바나 석탄 회사에

나가 일을 해야 했기 때문에 무승부 선언을 청했던 것이다. 그렇지만 않았다면 누구든 시합의 끝이 나기를 원했을 것이다. 아무튼 그때 노인은 그 사람들이 일하러 가야 할 시간이 되기 전에 시합을 끝냈다. 그 일이 있은 후 오랫동안 사람들은 그를 챔피언이라 불렀고 봄에는 복수전도 있었다. 그러나 그 시합에는 사람들이 돈을 많이 걸지 않았고, 첫 시합에서 '시엔푸에고스'에서 온 흑인을 꺾어 놓은 덕분에 노인은 쉽게 이길 수 있었다. 그 후 그는 몇 차례 더 시합을 하고는 다시는 시합하지 않았다. 원하기만 하면 누구든지 이길 수 있었지만 이런 시합이 고기잡이를 해야 하는 오른손에는 해롭다는 생각을 했기 때문이다. 그는 연습 삼아 왼손으로 몇 번 시합해 보았지만 왼손은 언제나 배반자의 위치를 고수했다. 주인이 시키는 대로 하려 들지를 않자 그때부터 노인은 왼손을 믿지 않았다.

따뜻한 햇볕에 손은 이제 나아지겠군, 노인은 생각했다. 밤에 몹시 추워지지만 않는다면 다시 쥐가 나지는 않을 것이다. 오늘 밤엔 또 어떤 일이 생기려나.

마침 마이애미로 가는 비행기 한 대가 머리 위를 지나갔다. 그 그림자에 놀라 한 무리의 날치 떼가 뛰어오르는 것이 보였다.

"날치가 저렇게 많은 것을 보니 틀림없이 만새기가 있겠어."

그는 말했다.

그러고는 물고기를 조금이라도 끌어 올릴 수 있을까 싶어서 다시 한 번 줄을 잡아당겨 보았다. 그러나 더 이상 당겨지지 않았고, 끊어질 듯 팽팽해진 줄이 부르르 떨면서 물방울을 튀겼다. 배는 계속해서 천천히 앞으로 나아가고 있었고, 노인은 비행기가 보이지 않을 때까지 지켜보았다.

비행기를 타고 있으면 기분이 이상할 거야, 노인은 생각했다. 저렇게 높은 곳에서는 바다가 어떻게 보일까? 너무 높이 날지만 않는다면 물고기도 잘 보일 거야.

나도 한 번쯤은 삼백오십 미터 정도의 높이에서 아주 천천히 날면서 물고기들을 내려다보고 싶다. 거북잡이 배에서는 돛대 꼭대기의 가름대에 올라가 보기도 했었지. 그만한 높이에서도 보이는 게 꽤 많았어. 만새기는 더 진한 녹색으로 보였고, 물고기들의 줄무늬며 자줏빛 반점, 그리고 물고기 떼가 헤엄쳐 나가는 것까지 모조리 볼 수 있었어. 어째서 검은 해류를 빠르게 헤엄치는 물고기들은 모두 잔등이 자줏빛이고, 대개는 자줏빛 줄무늬나 반점을 가지고 있는 걸까? 만새기는 사실 황금빛이기 때문에 녹색으로

보인다. 그러나 정말 배가 고파서 먹이를 먹을 때는 마치 청새치처럼 배에 자줏빛 줄무늬가 나타난다. 화가 나서 그런 걸까, 아니면 한층 더 속력을 내기 때문일까?

날이 어둡기 직전이었다. 조그만 섬처럼 큰 모자반류의 해초가 해면 가까이로 떠올라서 흔들리고 있었다. 그 모습이 마치 누런 담요 아래에서 바다가 누군가와 사랑을 나누는 듯한 느낌을 주었다. 막 그 지점을 지날 때였다. 작은 낚싯줄에 만새기 한 마리가 물렸다. 그가 처음 만새기를 알아본 것은 공중으로 뛰어오르면서 마지막 햇빛에 진짜 금빛으로 빛나던 모습이었다. 놈은 공중에서 사납게 몸을 푸득거리고 있었다. 겁에 질린 만새기는 곡예비행을 하듯 이리저리 날뛰었다. 노인은 뱃고물 쪽으로 조심조심 옮겨 가서 몸을 웅크리고는 오른손과 팔로 큰 줄을 잡고, 왼손으로는 만새기를 끌어당겼다. 끌어들여진 줄은 왼쪽 발로 밟아 가면서 계속 줄을 당겼다. 뱃고물 가까이까지 끌려오자 물고기는 거의 절망적으로 뛰어오르면서 날뛰었다. 노인은 뱃고물 너머로 몸을 내밀어 자줏빛 반점이 어린 금빛 물고기를 잡아서 그대로 배에 던져 넣었다. 낚싯바늘을 성급히 물어뜯느라 만새기의 턱이 발작적으로 움직였다. 길고 넙적한 몸뚱이와 꼬리와 머리로는 뱃바닥을 세차

게 쳐 댔다. 노인이 번쩍이는 그 금빛 머리를 향해 몽둥이를 내리치자, 만새기는 잠시 몸을 떨더니 곧 조용해졌다.

노인은 만새기로부터 낚싯바늘을 빼낸 뒤 그 줄에다가 다시 정어리를 매달아서 물에 던졌다. 왼손을 씻고는 바지에다 닦았다. 그런 다음 무거운 낚싯줄을 반대쪽 왼손으로 옮기고 이번에는 오른손을 바닷물에 씻었다. 그러면서 노인은 해가 바닷속으로 사라져 가는 풍경과 굵은 줄이 비스듬히 드리워져 있는 모습을 바라보았다.

"저 아래에 있는 물고기는 조금도 달라지지 않았구나."

노인은 중얼거렸다. 그러나 손에 물이 닿는 모양으로 보아 속도가 눈에 띄게 느려진 것을 알 수 있었다.

"이젠 뱃고물에 노 두 개를 가로질러 묶어 놓으면 밤새 물고기의 속력을 느리게 할 수 있겠구나."

그는 말했다.

"하지만 물고기는 오늘 밤도 끄떡없을 테고, 나도 아직 괜찮다."

만새기 살에서 피가 흐르지 않도록 내장은 좀 더 있다가 빼는 것이 좋을 것 같다. 그럼 조금만 있다가 만새기에 칼질하기로 하고, 저 큰 물고기 녀석이 끌기 힘들도록 노를 묶는 것도 그때 하

고, 지금은 그냥 조용히 내버려 두어야겠어. 해질녘이니까 너무 성가시게 하지 않는 게 좋아. 어떤 물고기든 해질 무렵에는 다루기가 더 어려운 법이니까.

노인은 바람에 손을 말린 다음, 그 손으로 다시 줄을 잡고는 될 수 있는 대로 몸을 편한 자세로 하려고 애썼다. 그는 뱃전에 몸을 기대어 이물 쪽으로 젖혀서 그냥 줄을 잡고 앉아 있는 것보다는 배가 앞으로 나아가기 힘들도록, 즉 고기가 끌기 힘들도록 자세를 고쳐 앉았다.

이렇게 해서 또 새로운 방법을 하나 배우는구나. 어떻게든지 상황에 따라 써먹을 수 있는 방도가 생기게 마련이지, 노인은 생각했다. 그리고 또 알아 두어야 할 것이 하나 있다. 녀석은 미끼를 물었을 때부터 아무것도 먹지 못했고, 덩치가 크니까 먹는 양도 많아야 한다는 사실이다. 나는 다랑어 한 마리를 다 먹었다. 내일은 또 만새기를 먹을 것이고. 노인은 만새기를 '도라도'라고 불렀다.

내장을 빼낼 때 조금 먹어 두어야 할 것 같았다. 물론 다랑어보다는 먹기가 힘들겠지만, 그렇게 생각하면 어디 쉬운 일이 있겠는가.

"물고기야, 좀 어떠냐?"

그는 소리 내어 물었다.

"나는 기분이 괜찮은 편이다. 왼손도 많이 나았고. 그리고 나에겐 하룻밤, 하루 낮 동안 먹을 것도 있다. 어디, 너 혼자 계속해서 배를 끌어 보려무나, 물고기야."

그러나 사실은 전혀 괜찮은 기분이 아니었다. 등에 메고 있는 낚싯줄 때문에 너무 고통스러웠는데 이제는 아픈 정도를 지나서, 그는 믿으려 하진 않았지만, 무감각 상태에 이른 것이다. 그러나 이보다 더한 경우도 있었는데, 노인은 자신을 다독였다. 오른손에 상처가 좀 났을 뿐, 왼손의 쥐도 다 나았는데. 그리고 두 다리도 성할 뿐더러 식량 문제라면 내 편이 훨씬 유리하지 않은가.

구월이면 해가 떨어지기 바쁘게 날이 어두워지곤 했다. 주변은 벌써 어둑해졌다. 노인은 이물 쪽 낡은 뱃전에 기댄 채 될 수 있는 대로 편히 쉬려고 애썼다.

첫 별이 나타났다. 노인은 그 별의 이름이 '리겔'성(오리온자리에서 둘째로 밝은 별_옮긴이)이라는 것을 몰랐지만, 그 별이 보이기 시작하면, 곧 다른 별들도 나타나서 모두 자기의 친구가 되리라고 생각했다.

"물론 저 물고기도 내 친구다."

그는 소리 내어 말했다.

"저런 물고기는 내 평생 듣도 보도 못했단 말이야. 그렇지만 나는 너를 죽이지 않을 수가 없구나. 이럴 땐 인간이 별을 죽일 필요가 없는 게 얼마나 다행이야."

노인은 생각했다. 날마다 사람이 달을 죽여야 한다면, 아마 달은 달아나 버리겠지. 또 날마다 해를 죽여야 한다면, 그건 얼마나 큰 사건이 될지 모르는 것이고. 그러니 인간이 그러지 않아도 된다는 것은 얼마나 행운인가.

그러자 노인은 며칠 동안 아무것도 먹지 못한 큰 물고기가 불쌍해졌다. 하지만 불쌍하다는 생각이 들면서도 고기를 죽이겠다는 결심은 조금도 누그러지지 않았다. 저 고기를 잡으면 도대체 몇 사람이나 먹을 수 있을까, 노인은 생각했다. 그런데 사람들이 과연 저 고기를 먹을 자격이 있을까? 아니지, 물론 자격이 없다. 물고기의 저 침착한 태도라든지 저 당당한 위엄을 생각해 보면 틀림없이 보통 물고기는 아닐 것이다. 따라서 아무도 먹을 자격이 없다.

그러나 나는 이런 어려운 것은 잘 모른다. 그렇더라도 우리가 해나 달이나 별을 죽일 필요가 없다는 것은 얼마나 다행한 일인

가. 그저 바다에 살면서, 우리의 참다운 형제를 죽이는 것만으로도 충분하다. 노인은 복잡한 생각을 일단 거기에서 멈추고 현실적인 문제로 되돌아왔다.

자, 이제는 항력에 대해서나 생각해 봐야지. 여기엔 분명 위험한 점도 있고 긍정적인 점도 있어. 물고기가 계속 달아나려고 애를 쓰는데 노가 제동을 거는 역할을 해서 배가 무거워진다면, 녀석은 끝까지 발악을 해서 줄을 한없이 끌고 가게 될 거야. 그러면 줄이 너무 풀어져서 잘못하다가는 물고기를 놓칠지도 모른다. 반대로 배가 가벼우면 서로의 고통은 연장되겠지만 물고기에게는 아직 다 쓰지 않은 대단한 속력이 남아 있을 테니, 나로서는 가벼운 편이 오히려 안전할 것이다. 하여간 어떤 일이 있든지 간에, 나는 힘을 축적해 두지 않으면 안 된다. 만새기가 상하지 않도록 빨리 내장을 빼내고 살점을 좀 먹어야겠다. 그리고 한 시간을 더 쉰 다음, 녀석이 여전히 끄떡없는지 알아보고 나서 결정을 내려야 할 것이다. 그러는 동안에 고기가 어떤 짓을 하는지, 또 무슨 변화라도 일어나는지 알 수 있을 것이다. 노를 묶어 둔 것은 단순한 요령이라고 볼 수도 있겠지만 이제는 안전한 방향으로 나갈 때가 된 것 같았다. 아직도 녀석의 힘은 대단하다. 얼핏 보기에는 낚싯바

늘이 주둥이 구석에 꽂혀 있고, 주둥이는 꽉 다물려 있다. 저런 큰 물고기에게 낚싯바늘이 주는 고통은 문제가 아니겠지. 단지 굶주림이라는 고통과, 알지도 못하는 대상과 싸우고 있다는 사실이 무엇보다 중요하다. 늙은이, 이제 자네는 좀 쉬지. 다음 할 일이 생길 때까지 녀석이 마음대로 애를 쓰게 놔두라고.

그는 두 시간쯤 쉬었다. 오늘은 늦도록 달이 뜨지 않아서 시간을 짐작할 수가 없었다. 그래도 비교적 많이 쉰 편이지만 정말 쉬었다고 볼 수는 없었다. 노인은 아직도 고기가 끄는 힘을 양어깨로 버티고 있었다. 그러나 그는 이제 왼손으로 이물의 뱃전을 잡고서 요령을 부렸다. 고기를 끌어당기는 데 드는 힘을 자신이 쓰지 않고 배 자체에다 지우려고 애썼다.

만약 이 줄을 고정시킬 수만 있다면, 일은 얼마나 간단하겠는가. 그러나 그렇게 하면 고기가 조금만 요동을 쳐도 줄이 끊어져 버릴 것이다. 내 몸으로 버텨서라도 줄이 끌려가는 것을 어느 정도 막아 내고, 언제든지 양손으로 줄을 풀어 놓을 준비를 하고 있어야만 한다.

"하지만 자네는 아직 한 번도 잠을 자지 못했어, 늙은이."

그는 소리 내어 말했다.

"반나절과 하룻밤을, 그리고 또 하루를 못 잤어. 그러니까 고기가 저렇게 점잖게 잠잠하게 있는 동안 조금이라도 잠잘 방도를 강구해야만 해. 잠을 자지 않으면 머리가 흐려질 테니 말이야."

하지만 내 머리는 아직 아주 맑은데 뭘, 노인은 생각했다. 너무나 맑고 명료해서 먼 곳에 있는 친구인 별들처럼 초롱초롱하다. 그래도 잠을 자야 한다. 별도, 달도, 해까지도 잠을 자지 않는가. 심지어 바다마저도 조류가 없는 조용한 날이면 이따금 잠을 자는 걸 보았는데. 그러니 잠자는 것을 잊어서는 안 된다, 노인은 생각했다. 억지로라도 자도록 해야 해. 그리고 이 낚싯줄에 대해서는 좀 더 쉬우면서도 확실한 방도를 생각해 내야 하는데 말야. 이젠 만새기를 요리할 시간이다. 잠을 자려면 노를 비끄러매어 닻처럼 만들어 두는 것이 좋을 것 같지만 그것은 위험천만한 일이지.

"나는 안 자고도 견딜 수 있는데."

그는 스스로에게 혼잣말을 했다. 그러나 그것은 너무나 위험한 일이기도 했다. 그는 물고기에게 조그마한 충격이라도 줄까 봐 조심하며 양손과 무릎으로 기어서 뱃고물 쪽으로 돌아가기 시작했다. 그는 지금 자기가 반쯤은 자고 있는지도 모른다고 생각했다. 그러나 물고기를 쉬게 하고 싶지는 않았다. 놈이 죽을 때까지 끌

어야 하고말고. 뱃고물로 돌아온 노인은 몸을 돌려서 왼손으로 어깨에 멘 줄을 잡았다. 오른손으로는 칼집에서 칼을 뽑았다. 별빛이 밝아지자 만새기가 똑똑히 보였다. 그는 칼날로 만새기 대가리를 찔러서 뱃고물 밑창에서 꺼냈다. 한쪽 발로 몸통을 밟고 꽁무니에서 주둥이 아래까지 재빨리 배를 갈랐다. 칼을 내려놓고 오른손으로 내장을 빼내고 난 뒤 아가미도 죄다 뜯어냈다. 밥통이 보이기에 손으로 만져 보니 묵직하고 미끈했다. 그것을 가르자 밥통속에서 날치가 두 마리나 나왔다. 날치는 아주 싱싱하고 단단했다. 노인은 그것을 나란히 내려놓고, 내장과 아가미를 꺼내어 뱃전 너머로 던져 버렸다. 그것은 물 위에 인광의 꼬리를 남기며 가라앉았다. 만새기의 몸통은 차디찼다. 그리고 이젠 별빛을 받아 나환자처럼 희뿌연 색깔로 보였다. 노인은 오른발로 물고기의 대가리를 누르고 한쪽 껍질을 벗겼다. 그리고 다시 뒤집어서 다른 쪽의 껍질을 마저 벗긴 뒤에 대가리에서 꽁지까지 살을 발랐다.

그는 뼈를 물에 던지며 물속에 소용돌이가 이는지 살폈다. 그러나 그것은 희미한 빛을 남기며 천천히 가라앉을 뿐이었다. 그는 몸을 돌렸다. 만새기의 저며 낸 살점 가운데다 날치 두 마리를 놓고는 칼을 칼집에 꽂았다. 그러고는 천천히 이물 쪽으로 되돌아왔

다. 노인의 등은 낚싯줄의 무게 때문에 한껏 굽어 있었고 오른손엔 물고기가 들려 있었다.

이물로 돌아온 노인은 판자 위에다 만새기 살점 두 쪽을 내려놓고 날치도 곁에 놓았다. 그런 다음에 어깨에 메고 있던 줄을 옮기고 뱃전에 올려놓았던 왼손으로 다시금 그 줄을 잡았다. 그는 뱃전에 몸을 기댄 채 손에 와 닿는 물의 속도를 주시하면서 날치를 물에다 씻었다. 물고기 비늘을 벗기느라 손에 인광이 묻었는데 거기에 닿는 물결이 확연하게 보였다. 물결은 먼젓번보다 더 약해졌다. 손을 널빤지에 문지르니 인광 조각들이 떨어져 나가 배 뒤로 천천히 떠내려갔다.

"지금은 녀석도 지쳤거나 쉬고 있는 걸 거야."

노인은 말했다.

"자, 나도 이젠 이 만새기를 먹은 다음 좀 쉬고 잠을 자도록 해야지."

밤이었고, 날씨는 점점 추워지고 있었다. 별빛 아래서 노인은 아까 집어 온 만새기 살점 중에서 한쪽의 반을 먹고, 내장과 대가리를 떼어 버린 날치 한 마리를 마저 다 먹었다.

"만새기는 요리를 해서 먹으면 썩 좋은 음식인데."

그가 중얼거렸다.

"그런데 날로 먹으면 형편없단 말이야. 앞으로는 배를 탈 때 소금이나 라임을 꼭 가지고 타야겠어."

사실 조금만 더 머리를 썼더라면 아까 낮에 바닷물을 뱃전에 뿌려 놓고 말려서 소금을 만들 수도 있었다. 그러나 만새기를 낚았을 때는 벌써 해질 무렵이 아니었던가. 그래도 역시 준비 부족인 것은 틀림없다. 하지만 생살도 잘 씹으니까 구역질은 나지 않는군.

동쪽 하늘에 구름이 덮이는가 싶더니 이내 별들이 하나씩 사라졌다. 마치 거대한 구름의 계곡으로 빨려 들어가는 것 같았다. 바람도 멎었다.

"사나흘 후에는 날씨가 나빠지겠군."

노인은 말했다.

"그러나 오늘 밤이나 내일은 괜찮아. 여보게, 늙은이. 이제 생각은 그만하고 물고기가 잠잠한 동안 잠이나 좀 자 두도록 하지."

노인은 오른손으로 줄을 단단히 잡고 몸 전체의 무게를 이물의 판자에다 실으면서 허벅다리를 오른손에다 갖다 붙였다. 그러고는 낚싯줄을 어깨에서 약간 아래로 낮추고 왼손을 그 위에 얹어서 줄을 팽팽하게 했다. 이 오른손은 줄이 팽팽한 한 끝까지 잡

고 있을 수 있을 거라고 생각했다. 만일, 자는 동안 줄이 느슨해지더라도 줄이 풀려 나가는 순간 왼손이 나를 깨울 것이다. 오른손은 왼손보다 좀 더 힘이 들겠지만 고통을 이겨 내는 데 익숙하니까 아마 괜찮을 것이다. 한 이삼십 분만 자도 좋을 것 같았다. 그는 몸 전체를 앞으로 웅크린 채 낚싯줄에 기대고, 전신의 무게를 다시 오른손에 의지한 채 잠이 들었다.

노인은 사자 꿈을 꾸지 않았다. 그 대신 십이 킬로미터나 십육 킬로미터쯤 뻗어 있는 만새기 대군을 보았다. 놈들은 한창 교미기여서 공중으로 높이 뛰어 올랐다가 뛰어오를 때 생긴 구멍으로 다시 떨어지곤 했다.

그러다가 마을로 돌아와 침대에서 자는 꿈을 꾸었다. 날씨는 북풍이 불어서 무척 추웠고, 베개 대신 팔을 베고 자서 오른팔이 저렸다.

그런 다음에는 예외 없이 길게 뻗은 황금 해안에 대한 꿈을 꾸기 시작했다. 초저녁에 첫 번째 사자가 바닷가로 내려왔다. 뒤따라 다른 사자들도 내려왔다. 노인은 저녁 미풍을 받으며 닻을 내리고 있는 배의 이물 쪽 판자에 턱을 괴고 앉은 채 더 많은 사자가 나타나기를 기다리고 있었다. 그는 아주 즐거웠다.

달이 뜬 지도 벌써 오래되었건만, 노인은 계속 잠을 자고 있었다. 고기는 쉬지 않고 낚싯줄을 끌었고, 배는 구름의 터널 속으로 들어가고 있었다.

그때 갑자기 오른손 주먹이 얼굴을 탁 치고, 오른손이 뜨겁게 탈 정도로 빠르게 줄이 풀려 나가는 바람에 노인은 잠에서 깼다. 왼손에는 아직 아무런 감각이 없었다. 그는 풀려 나가는 줄을 오른손으로 힘껏 막았다. 그래도 줄은 급속도로 풀려 나갔다. 드디어 왼손에도 줄이 잡혔고 노인은 몸을 젖혀 줄을 등에 대고 버텼다. 그러자 등과 왼손이 동시에 타는 듯했다. 왼손이 낚싯줄을 도맡아 끌다시피 하자, 금방 심한 상처가 생겼다. 노인은 낚싯줄 사리를 돌아다보았다. 사리는 술술 풀려 나가고 있었다. 바로 그때 물고기가 바다를 가르며 뛰어올랐다가 무겁게 떨어졌다. 그러더니 연달아 뛰어오르기 시작했다. 줄은 계속해서 빠르게 풀려 나갔고, 배는 계속 빠른 속도로 끌려갔다. 노인은 줄이 팽팽해지도록 바싹 당기고, 풀리면 또 팽팽히 잡아당기곤 했다. 그는 엉겁결에 이물께까지 끌려가 만새기 살점에 얼굴을 처박은 채 꼼짝도 할 수가 없었다.

기다리던 일이 드디어 일어났군. 그러니 이제는 모든 일을 침착

하게 받아들여야지. 낚싯줄 값을 치르게 할 테다. 암, 낚싯줄 값을 치르게 해야 하고말고. 그는 고통을 잊으려고 그런 생각도 했다.

노인은 고기가 뛰어오르는 것을 볼 수 없었다. 그저 바닷물이 갈라지고 고기가 떨어질 때마다 철썩 물이 튀는 소리를 들었을 뿐이다. 낚싯줄이 하도 빨리 풀리는 바람에 손을 심하게 베었다. 그러나 이런 일은 언제나 일어나게 마련이라고 말하곤 했으므로, 되도록 손바닥에서 낚싯줄이 미끄러지거나 손가락을 베이는 일이 없도록 굳은살 박힌 부분으로 줄을 쥐려고 애를 썼다.

이럴 때 소년이 여기 있다면 낚싯줄 사리를 적셔 주었을 텐데, 노인은 생각했다. 그래, 그 아이만 여기 있다면, 그 애만 여기 있다면…….

낚싯줄은 풀리고 또 풀렸지만 그 속도는 점점 느려졌다. 노인은 자신의 손끝에서 전해지는 느낌을 감지했다. 그는 물고기가 조금이라도 더 여유 있게 낚싯줄을 끌어당기도록 내버려 두었다. 노인은 이제 비로소 배 바닥에서 머리를 들어 올릴 수 있었고, 또 얼굴이 짓이겨 놓은 생선의 살점에서도 고개를 뗄 수 있었다. 그는 무릎을 세우고 천천히 일어섰다. 노인은 낚싯줄을 조금씩 천천히 놓았다. 그리고 적당히 줄을 풀었다가 당기기를 반복했다. 노인은

발로 더듬어서 낚싯줄 사리가 있는 곳으로 갔다. 아직도 낚싯줄은 충분했다. 이제 물고기는 자신의 몸의 마찰과 함께 물속으로 풀려 나간 낚싯줄의 마찰까지 이겨내야 하는 상황이었다.

그렇지……. 녀석이 서너 번을 뛰어올랐으니, 등줄기에 붙어 있는 공기통에 공기가 잔뜩 들어갔을 거야. 내가 끌어올릴 수 없을 정도로 깊이 내려가도 이제 물고기는 죽을 염려가 없지. 곧 녀석이 주위를 돌기 시작하면 그때 놈을 좀 다루어 보아야지. 그런데 왜 갑자기 물 밖으로 뛰어올랐을까? 노인의 생각은 꼬리에 꼬리를 물었다. 한번 시작한 생각은 멈추지 않고 이어졌다. 너무 오랫동안 배를 끌어서 배가 고픈 것일까? 그래서 갑자기 자포자기 상태에 빠진 것은 아닐까? 아니면 죽음 같은 암흑 속에서 무언가를 보고 놀란 것일까? 갑자기 무서워졌는지도 모르지. 하지만 그렇게 침착하고 당당했던 녀석이었는데. 겁도 없고 자신만만한 녀석이었는데……. 노인이 생각하기에는 이상한 일이었다.

"이봐, 늙은이. 자네나 무서워 말고 확신을 갖는 게 좋겠어."

노인은 말했다.

"자네는 물고기가 문 낚싯줄을 손아귀에 넣고 있다고는 하지만, 지금도 줄을 당길 수는 없지 않은가. 물고기는 곧 원을 그리며

돌 거야.”

노인은 다시 왼손과 양어깨로 줄을 붙잡고, 그 상태로 엎드린 다음 오른손으로 바닷물을 떠서 만새기의 짓이겨진 살점이 묻은 얼굴을 씻어 내렸다. 그리고 뱃전 너머로 오른손을 물속에 담갔다. 해가 뜨기 전이었다. 노인은 먼동이 트는 것을 바라보면서 그대로 짠 바다 소금물에 손을 담그고 있었다. 물고기가 동쪽으로 머리를 두고 있군, 노인은 생각했다. 그것은 물고기가 지쳐서 조류를 따라 가고 있다는 것을 뜻해. 곧 회전을 하지 않을 수 없을 거야. 그때가 되면 진짜 우리들의 싸움이 시작되는 거지.

노인은 오른손이 물속에 있을 만큼 있었다고 판단하고 오른손을 꺼내 살펴보았다.

“대단찮군.”

노인이 말했다.

“사나이가 이 정도 아픈 게 뭐 그리 대순가.”

노인은 새로 생긴 상처에 낚싯줄이 닿지 않게 조심하면서, 다시 줄을 고쳐 쥐고는 물고기의 무게를 다른 쪽으로 옮겼다. 그러고는 왼손을 반대편 뱃전으로 내밀어 물에 담갔다.

“네가 가치 없는 짓을 하느라고 이렇게 심하게 다친 것은 아니

야. 하지만 네가 대체 어디 갔는지 종종 보이지 않을 때가 있단 말이야."

노인은 자신의 왼손을 향해 말했다. 노인의 얼굴에 씁쓸함이 맴돌았다.

왜 나는 두 손 모두 튼튼한 상태로 태어나지 못했을까? 물론 그동안 오른손만 주로 써서 왼손을 제대로 훈련시키지 못한 내 잘못도 있겠지. 그러나 배울 기회는 얼마든지 있었어. 하지만 간밤에는 단 한 번 쥐가 나긴 했어도 그리 버겁게 굴지 않았어. 하지만 다시 한 번 쥐가 난다면 왼손, 네가 낚싯줄에 잘려 버린대도 신경 쓰지 않겠어.

이런 생각을 하던 노인은 자신의 머릿속이 맑지 않다는 것을 깨달았다. 만새기를 좀 더 먹어야겠어, 노인은 생각했다. 그러나 먹을 수가 없어. 괜히 영양을 보충하기 위해 머리를 처박았던 만새기의 살점을 더 먹으면 구토가 나 기운이 빠질 것이 분명해. 그것보다는 머리가 좀 멍한 편이 나을 거야. 상할 때까지 그저 비상용으로 놔두자. 이제 무엇을 통해 힘을 얻기에는 너무 늦었어. 이런, 너란 놈은 참 어리석기도 하구나. 한 마리 남은 저 날치를 먹으면 될 것 아냐.

날치는 언제든지 먹을 수 있게 깨끗하게 요리되어 있었다. 노인은 그것을 왼손으로 집은 뒤, 뼈를 조심스레 씹으며 꼬리까지 다 먹었다.

날치는 어떤 물고기보다도 영양분이 많아, 노인은 생각했다. 적어도 내게 필요한 힘을 줄 수는 있을 거야. 이제 내가 할 수 있는 일은 다 했다. 물고기가 회전을 하도록 유도해서 싸움이나 해 보자.

노인이 바다로 나온 후 세 번째로 해가 바다에서부터 솟아오르고 있었다. 그리고 그제야 비로소 물고기가 돌기 시작했다.

낚싯줄의 경사로는 물고기가 확실하게 돌고 있는지를 알 수 없었다. 아직 배 주위를 돌기에는 너무 일렀기 때문이다. 노인은 물고기가 줄을 끄는 힘이 약간 약해진 것을 느끼고 오른손으로 가만히 당기기 시작했다. 언제나처럼 줄은 팽팽했다. 그러나 금방 끊어질 정도까지 당기자 조금씩 줄이 끌려오기 시작했다. 노인은 양어깨와 머리를 줄 아래로 뺀 뒤 조심스럽게 끌어당기기 시작했다. 노인은 달리기를 준비하는 자세를 취하며 두 손으로 줄을 잡고 몸과 두 다리를 최대한 활용하려고 버텼다. 그래서 될 수 있는 한 줄을 많이 끌어당기려고 애썼다. 노인은 자신의 늙은 다리와 어깨를 줄을 끌어당기는 동작의 주축으로 삼았다.

"대단한 회전이야."

노인은 이를 앙다물고 말했다.

"그래, 저 녀석이 지금 돌고 있는 것이 틀림없어."

그러나 물고기는 더 이상 끌려오지 않았다. 노인은 햇빛을 받은 낚싯줄에서 물방울이 구슬처럼 튈 때까지 팽팽하게 줄을 잡아당겼다. 그러나 다시 줄이 풀려 나가기 시작하자 노인은 무릎을 꿇고 어쩔 수 없이 어두운 물속으로 다시 줄을 놓아 주었다.

"녀석은 지금 배 멀리서 돌고 있을 거야."

될 수 있는 대로 줄을 늦추지 말고 당기고 있어야겠다, 노인은 생각했다. 조금이라도 당기고 있으면 돌 때마다 회전 거리가 단축될 거야. 어쩌면 한 시간 후에는 다시 그 엄청난 물고기를 보게 될지도 모르겠군. 이제는 저 물고기에게 혹독한 맛을 보여 줄 때가 왔어.

그러나 물고기는 계속해서 천천히 돌고 있었다. 그 상태로 두 시간이 지나자 노인의 온몸은 땀으로 흠뻑 젖었고 뼛속까지 아려 왔다. 그러나 회전 거리는 한 시간 전보다 많이 줄어들었다. 낚싯줄의 경사로 보아 물고기가 헤엄치면서 줄곧 위로 떠올라 오고 있음을 알 수 있었다. 한 시간 동안 노인의 눈앞에는 검은 반점이

어른거렸고 땀이 흘러들어 눈동자가 따가웠다. 눈과 이마에 난 상처는 쓰라렸다. 그러나 눈앞에서 어른거리는 검은 반점 따위는 전혀 신경 쓰이지 않았다. 그런 현상은 노인이 줄을 당기느라 애를쓸 때면 으레 나타났다. 노인은 두 번이나 아찔한 현기증을 느꼈다. 노인은 그것이 걱정이었다.

"이런 물고기를 눈앞에 두고 죽을 수는 없어."

노인은 말했다.

"지금까지 온 힘을 다해 물고기를 끌어올렸습니다. 하느님, 제발 제 몸이 견딜 수 있도록 해 주십시오. 주기도문과 성모송을 백번씩 외우겠습니다. 하지만 지금 당장은 할 수 없어요."

지금은 일단 외운 것으로 해 주세요, 노인은 생각했다. 틀림없이 나중에 외울 테니까요.

바로 그때, 두 손으로 잡고 있던 줄이 갑자기 팽팽하게 당겨졌다. 온몸을 긴장시킬 정도로 날카로운 힘이 느껴졌다.

녀석은 지금 철사로 된 낚싯줄을 작살 같은 주둥이로 치고 있을 거야, 노인은 생각했다. 그것은 언젠가는 닥칠 일이야. 그리고꼭 그렇게 돼야 할 일이고. 그 때문에 물고기가 갑자기 뛰어오를지도 모르겠다. 이제 제 스스로 도는 것을 계속하도록 그냥 놓아

두는 편이 낫겠어. 공기를 채우기 위해서 뛰어오를 필요도 있겠지만, 뛰어오를 때마다 낚싯바늘에 찔린 상처가 크게 벌어져서 어느 순간 바늘이 빠질지도 몰라.

"뛰지 마라, 물고기야."

노인은 말했다.

"제발 뛰지 마라."

고기는 대여섯 번이나 더 낚싯줄을 쳤다. 그리고 물고기가 머리를 흔들 때마다 노인은 줄을 조금씩 풀어 주었다.

물고기가 고통을 적당히 느끼도록 해야 해. 내가 고통받는 것은 문제가 아니다. 나는 스스로 고통을 억제할 수 있지만, 물고기는 여기에서 조금만 더 고통스러우면 미쳐 날뛸지도 몰라.

잠시 후 물고기는 철사 낚싯줄에 제 몸을 부딪치다가 말고 다시 천천히 돌기 시작했다. 노인도 쉬지 않고 줄곧 줄을 끌어당겼다. 노인은 또다시 정신이 아찔해지며 현기증이 났다. 왼손으로 바닷물을 퍼서 머리를 적셔 보았다. 몇 번을 더 퍼서 머리를 적시고는 손으로 목덜미를 문질렀다.

"그래도 쥐가 나지 않아서 다행이야."

노인은 말했다.

"곧 물고기가 올라올지도 몰라. 물론 나는 견딜 수 있다. 아니, 견뎌야만 해. 그건 말할 필요도 없이 당연한 일이야."

노인은 뱃머리에 몸을 의지하고 무릎을 꿇었다. 그리고 잠시 동안 줄을 등 뒤로 넘겨 걸쳐 놓았다. 물고기가 원의 먼 쪽을 돌 때는 자신도 좀 쉬고, 가까운 쪽을 돌 때는 다시 힘을 내서 싸워 보자는 심산이었다.

노인은 뱃머리에 앉아 쉬는 동안 낚싯줄을 당기지 않고 물고기가 저 혼자 한 바퀴 돌도록 내버려 두고 싶은 마음이 간절했다. 하지만 물고기가 회전을 하면서 다가오는 것을 감지하자마자 벌떡 일어섰다. 그러고는 양팔로 번갈아 움직이면서 줄을 잡아당겼다. 마치 베를 짜는 모습과 흡사했다.

전에는 이렇게 지치고 피곤해 본 적이 없었는데, 노인은 생각했다. 이제 바람이 부는군. 이 바람은 물고기를 배 쪽으로 끌어들이는 데 도움이 될 거야.

"다음에 물고기가 회전을 하려고 헤엄치면 그때 쉬어야지."

노인이 말했다.

"그래도 기분이 훨씬 좋아졌다. 두세 번만 더 돌고 나면 분명 잡히겠지."

노인의 밀짚모자는 뒤통수에 걸려 있었다. 노인은 물고기가 바깥으로 방향을 트는 것을 감지하고 가판에 주저앉았다.

물고기야, 너는 지금 힘차게 움직이고 있구나, 노인은 생각했다. 하지만 돌아오면 내가 너를 잡으마.

파도가 꽤 높이 일었다. 그것은 좋은 날씨를 예고하는 미풍 때문에 일어나는 현상이었다. 무사히 집으로 돌아가려면 이 바람이 꼭 필요했다.

"서남쪽으로 저어 가기만 하면 돼."

노인이 말했다.

"감히 남자가 바다에서 길을 잃을라고. 게다가 육지는 아주 큰 섬이니까."

노인이 문제의 물고기를 처음 본 것은 세 번째 회전할 때였다. 처음에는 배 아래를 한참 동안 지나가는 검은 그림자가 눈에 띄었을 뿐이다. 하지만 노인은 그 어마어마한 크기를 보고도 도저히 믿을 수 없었다.

"아니야. 저렇게 클 리가 없어."

노인이 말했다.

물고기는 실제로 그림자만큼이나 컸다. 마침내 물고기는 빙빙

돌기를 멈추고, 배에서 겨우 삼십 미터 떨어진 물 위로 떠올랐다. 그때 노인은 물 밖으로 나온 물고기의 꼬리를 보았다. 그것은 큰 낫의 날보다도 더 길고 뾰쪽했다. 검푸른 물속에 비친 물고기의 몸은 연보라색으로 보였다. 꼬리는 뒤로 비스듬히 기울어져 있었다. 물고기가 해면 바로 아래에서 헤엄치기 시작하자 비로소 노인의 눈에 거대한 몸집과 자줏빛 줄무늬가 보였다. 등지느러미는 누워 있었고 커다란 가슴지느러미는 펴져 있었다.

그제야 노인은 물고기의 눈을 볼 수 있었다. 그리고 그 물고기의 주위를 헤엄치는 회색 빨판상어 두 마리도 보았다. 두 마리의 상어는 그 물고기 곁에 다가갔다가 떨어지기를 반복했다. 때로는 큰 물고기의 아래에서 유유히 헤엄을 치기도 했다. 두 마리 모두 몸길이가 일 미터 이상 될 것 같았다. 상어들은 빨리 헤엄칠 때 몸 전체를 뱀장어처럼 세차게 움직였다.

노인은 땀을 흘렸다. 그것은 비단 햇볕이 뜨거워서만은 아니었다. 물고기가 조용히 차분하게 돌 때마다 노인은 줄을 잡아당겼다. 물고기는 점점 배 주위로 다가오고 있었다. 노인은 조금 더 가까워지면 작살을 꽂을 수 있으리라고 확신했다. 그러나 아주 바싹 끌어와야 한다. 그리고 작살을 머리에 꽂으려고 해서는 안 된다.

단 한 번에 심장을 찔러야 한다.

"침착하게 굴어라. 그리고 더욱 힘을 내라, 늙은이."

노인은 말했다.

예상대로 다시 배 주위를 돌 때 물고기는 등을 물 밖으로 내밀었다. 그러나 작살로 찌르기에는 거리가 너무나 멀었다. 그다음 회전 때도 역시 좀 멀었다. 그러나 물고기가 물 밖으로 몸을 훨씬 더 많이 드러냈기 때문에 노인은 조금만 더 줄을 끌어당기면 물고기를 배에 나란히 댈 수 있을 것이라는 확신이 생겼다.

노인은 작살을 준비했다. 작살에 달린 가는 밧줄은 감아 서 둥근 광주리 안에 담아 두고, 그 끝은 뱃머리의 말뚝에 단단히 매어 놓았었다.

물고기는 이제 천천히 아름다운 몸을 드러내며 다가오고 있었다. 간혹 커다란 꼬리만이 바닷물을 갈랐다. 노인은 물고기를 배 가까이 몰아오려고 있는 힘을 다해 끌어당겼다. 물고기는 잠깐 동안 배를 드러내더니 약간 기우뚱거렸다. 그러나 잠시 후 몸을 세우고는 다시 회전을 시작했다.

"저것 봐. 내가 녀석을 움직이게 했어."

노인은 기분이 무척 좋았다.

"내가 움직이게 해서 배를 드러냈던 거야."

노인은 또다시 현기증이 났으나 있는 힘을 다해서 낚싯줄을 잡고 있었다. 내가 녀석을 움직였다.

"아마 이번에는 끝장낼 수 있을 거야. 손아, 끌어당겨라."

노인은 간절한 마음으로 중얼거렸다.

"다리야, 제발 버텨라. 머리야, 날 위해 견뎌다오. 정신을 바짝 차려라. 정신을 잃으면 안 된다. 이번에는 틀림없이 물고기를 끌어올 거야."

온 힘을 기울여서 물고기를 끌어당기려고 했지만, 물고기는 몸을 뒤집었다가 다시 자세를 바로잡으며 헤엄치더니, 배에서 점점 멀어져 버렸다.

"물고기야."

노인이 말했다.

"물고기야, 너는 어차피 죽어야 하지 않니. 그렇다고 네가 나마저 죽여야 되겠니?"

만약 노인이 죽는다면 지금까지 한 일은 아무 소용이 없을 것이다, 하고 노인은 생각했다. 입이 말라서 소리 내어 말할 수도 없었다. 그러나 노인은 물통이 있는 데까지 갈 힘도 없었다. 이번에는

틀림없이 뱃전으로 끌어와야 해, 노인은 생각했다. 녀석이 계속 돈다면 내 몸이 온전치 못할 거야. 아니, 그래도 괜찮을 거야, 괜찮을 거야.

다시 물고기가 돌기 시작했고, 노인은 거의 물고기를 잡을 뻔했다. 그러나 또 물고기는 자세를 바로잡고 유유히 헤엄쳐 나가 버렸다.

네가 나를 죽이는구나, 물고기야, 노인은 생각했다. 그러나 너는 충분히 그럴 자격이 있다. 나는 일찍이 너처럼 크고 아름답고 침착하고 위엄이 있는 물고기를 본 적이 없어. 그래서 네가 나를 죽인다고 해도 조금도 서운할 것 같지가 않구나. 형제여, 자, 어서 와서 나를 죽여라, 이제 누가 누구를 죽이건 상관없다.

머릿속이 혼미해지고 있구나, 노인은 생각했다. 머리를 좀 식혀야 해. 끝까지 남자답게 고통을 견디도록 온갖 지혜를 모으거나 저 물고기처럼 고통을 견뎌야 해.

"정신 차려라, 머리야."

노인은 자기 귀에도 거의 들리지 않을 만한 목소리로 말했다.

"정신 차려!"

물고기는 그 후로 두 번이나 더 배 주위를 돌았지만 형세는 마

찬가지였다.

이젠 더 이상 모르겠다, 노인은 생각했다. 낚싯줄을 잡아당길 때마다 노인은 의식을 잃고 기절할 것 같은 상태가 되곤 했다. 뭘 어떻게 해야 할지 모르겠군. 그러나 다시 한 번만 더 해 보자.

노인은 한 번 더 힘을 썼다. 마침내 물고기가 뒤뚱거렸다. 순간 노인도 정신이 아찔해졌다. 그래도 결과는 마찬가지였다. 물고기 는 다시 균형을 잡고 거대한 꼬리를 휘저으며 유유히 물살을 갈 랐다.

딱 한 번만 더 해 보겠어, 노인은 결심했다. 그러나 이제 두 손 은 짓물렀고 눈도 희미해져서 잠깐잠깐 순간적으로만 보였다.

다시 한 번 시작하기도 전에 노인은 자신의 의식이 희미해지는 것을 느꼈다.

"또 한 번 해 보자."

그는 혼미한 의식 상태에서 습관적으로 중얼거렸다.

노인은 온갖 고통을 억누르고자 애썼다. 자신의 남은 힘과 과거 의 자존심까지 다 기억해 내고 물고기가 던져 준 극심한 고통과 맞섰다. 마침내 물고기의 주둥이가 뱃전에 닿을락 말락 하며 노인 의 곁으로 천천히 헤엄쳐 오더니 그대로 배를 스쳐 지나가기 시

작했다. 크고 긴 몸통에 넓은 자줏빛 줄무늬가 선명하게 보였다. 온몸이 온통 은빛으로 보이던 그 엄청나게 큰 물고기가 배를 지나쳐 가기 시작한 것이다.

노인은 손으로 잡고 있던 낚싯줄을 발로 밟았다. 그리고 드디어 작살을 높이 쳐들어 있는 힘을 다해서 아니 지금까지 써 왔던 힘과는 비교도 안 되는 그런 힘을 내서, 물 위로 드러난 거대한 가슴 지느러미 바로 뒤쪽 옆구리를 내리 찔렀다.

노인은 작살이 물고기의 몸에 꽂힌 것을 느끼며 더욱 힘을 실었다. 그는 물고기의 몸속에 더 깊이 작살을 박아 넣었다.

그러자 물고기는 자신이 죽을 것을 느꼈는지, 마지막 기운을 짜내 물 위로 높이 솟구쳤다. 그 물고기는 마침내 거대한 몸통과 크기를 드러내 보였다. 또 온갖 힘과 아름다움을 아낌없이 보여 주었다. 물고기는 마치 배에 타고 있는 노인의 머리 위 허공에 매달린 것처럼 보이더니, 잠시 후 요란한 소리를 내며 물속으로 떨어졌다. 그 바람에 노인의 몸과 배는 흠뻑 젖고 말았다.

노인은 의식이 몽롱해지고 구역질이 났다. 이제는 앞도 잘 볼 수 없었다. 그러나 노인은 쉬지 않고 작살의 줄을 엉키지 않게 끌어당겼다. 그리고는 살갗이 벗겨진 손에 낚싯줄을 쥐고 천천히 풀

어 놓았다. 보이지 않던 눈이 뜨이기 시작했다. 물고기가 은빛 배를 드러내고 떠 있는 것이 보였다. 작살 자루가 물고기의 아가미 쪽에 비스듬히 꽂혀 있었다. 물고기의 심장에서 흘러나온 피는 바닷물을 붉게 물들였다. 그 피는 처음에 더 깊은 푸른 물속에 있는 고기 떼처럼 시커멓게 보이더니, 곧 붉은 노을처럼 퍼져 나갔다. 은빛으로 빛나던 물고기의 몸뚱이는 이제 조용히 물결 위에 둥실 떠 있었다.

노인은 희미한 시력을 모아서 그 광경을 바라보았다. 그다음, 작살 줄을 말뚝에다 두 번 감아 놓고 두 손으로 머리를 감싸 쥐었다.

"정신을 차려야 한다."

노인은 뱃머리의 널빤지에 기대서 자신을 다그쳤다.

"나는 늙은이고, 또 너무나 지쳐 버렸어. 하지만 방금 내 형제인 이 물고기를 죽였지. 그러니 이제 뒤처리만 남아 있어. 물고기를 배와 나란히 묶을 수 있도록 올가미와 밧줄을 준비해야지. 설사 지금 당장 이 배에 다른 사람이 있다고 해도 저 물고기를 배에 싣는 것은 불가능해. 왜냐하면 물고기를 배에 싣게 되면 배에 물이 찰 것이고, 아무리 열심히 물을 퍼내도 이 배로는 도저히 감당할 수 없기 때문이야."

물고기를 배 가까이 끌어와서 밧줄로 잘 묶은 다음, 돛대를 세우고 돛을 펴서 집으로 가야겠다, 노인은 생각했다. 밧줄은 물고기의 아가미로 넣어서 주둥이로 빼내야겠어. 그리고 대가리를 뱃머리에 꽉 맬 수 있도록 물고기를 끌어와야만 해.

이 물고기를 쓰다듬어 보고 싶다, 노인은 생각했다. 이 물고기는 내 재산이다. 그러나 단지 그 이유 때문에 만져 보고 싶은 것은 아니다. 물고기의 심장은 작살을 꽂을 때 이미 느꼈다. 두 번째 작살 자루를 박아 넣을 때 말이다. 자, 이제 끌어들여서 비끄러매자. 저놈을 배에 비끄러맬 수 있도록 꼬리와 허리에 올가미를 하나씩 걸어야 한다.

"늙은이, 어서 일을 시작하시지."

노인은 이렇게 말한 뒤 물을 조금 마셨다.

"싸움이 끝났으니 이젠 뒤치다꺼리만 남았다."

노인은 하늘을 쳐다본 후 다시 물고기를 바라보았다. 해를 찬찬히 살펴보니 오전이 지난 지 얼마 되지 않은 모양이었다. 무역풍이 불고 있었다. 이제 낚싯줄은 아무래도 괜찮다, 노인은 생각했다. 집에 가서 그 아이와 둘이서 새로 이으면 되니까.

"이리 오너라, 물고기야."

노인이 그렇게 말했지만 물고기는 가까이 오지 않았다. 오기는 커녕 이제는 바다를 침대 삼아 파도에 몸을 맡기고 누워 있었다. 노인은 배를 끌어 물고기 쪽으로 다가갔다. 노인은 물고기 옆으로 가서 고기 머리를 뱃머리에 대었다. 그러나 그때까지도 그 크기를 도저히 믿을 수가 없었다. 노인은 물고기의 크기에 놀랐지만 자신이 해야 할 일을 차근차근 진행했다. 우선 말뚝에서 작살 밧줄을 풀어서 물고기의 아가미를 통해 턱으로 빼낸 뒤 칼처럼 뾰족한 주둥이에 감아서 다른 쪽 아가미로 빼냈다. 그것을 다시 주둥이에 감고 양 끝을 매듭지은 뒤 뱃머리에 있는 말뚝에다 단단히 맸다. 그러고 나서 밧줄을 끊었다. 이제는 꼬리에다 올가미를 씌우는 일만 남았다. 그는 뱃고물 쪽으로 갔다. 물고기는 본래의 색깔인 자줏빛과 은빛으로 변해 갔다. 줄무늬는 꼬리와 마찬가지로 연보랏빛이었다. 줄무늬는 손가락을 쫙 편 어른 손보다도 넓었다. 물고기의 눈은 잠망경의 렌즈처럼 보였고, 눈빛은 행렬 기도에 참례한 성자처럼 멍했다.

"물고기를 죽이는 방법은 이것밖에 없었어."

노인은 중얼거렸다. 물을 조금 마시자 기분이 한결 나아졌다. 노인은 이제 의식을 잃지 않을 것 같았다. 머리도 개운했다. 저 정

도의 물고기라면 팔백 킬로그램쯤 되겠다는 생각이 들었다.

"아니, 훨씬 더 넘을지도 모르지. 내장을 빼내고도 약 삼분의 이가 남을 텐데, 킬로그램당 돈을 받는다면 모두 얼마나 될까? 계산하려면 연필이 있어야겠는걸."

노인은 말했다.

지금 내 머리는 그 정도로 맑지가 못해. 그러나 오늘은 훌륭한 디마지오 선수와 비교해도 손색이 없을 것 같다. 디마지오처럼 발뒤꿈치 뼈는 아프지 않았지만 나도 두 손과 등이 정말 아팠으니까, 노인은 생각했다. 정말 뒤꿈치 뼈 타박상이란 어떤 것일까. 어쩌면 우리는 그것이 무엇인지도 모르고 병에 걸리는지도 몰라.

노인은 그 큰 물고기를 뱃머리와과 뱃고물, 그리고 배 허리께에 단단히 비끄러맸다. 물고기의 크기는 큰 배 한 척을 나란히 매어 놓은 것만큼 컸다. 노인은 마지막으로 밧줄을 한 가닥 끊어서 물고기의 주둥이가 벌어지지 않도록, 아래턱을 주둥이에 감아 묶었다. 될 수 있는 한 배를 쉽게 저어 갈 수 있도록 하기 위해서였다. 그 다음 돛대를 세우고 갈고릿대와 가름대 등 장비를 정리한 뒤, 조각조각 기운 돛을 폈다.

마침내 배가 움직이기 시작했다. 노인은 나침반이 없어도 서남

쪽이 어느 쪽인지 알 수 있었다. 무역풍의 촉감을 느낄 수 있었기 때문에 돛이 이끌어 가는 대로 움직이면 되었다. 이제는 가는 낚싯줄을 이용해 뭐든 먹을 것을 낚아 보도록 하자. 그리고 목도 축여야지. 그러나 가짜 미끼는 보이지 않았다. 미끼로 쓸 정어리마저 상해 있었다. 할 수 없이 누런 멕시코만 해초 한 조각을 갈고리로 건져서 털어 보았다. 그러자 그 속에 있던 잔 새우가 배 바닥으로 떨어졌다. 그중에 서너 마리는 그래도 꽤 먹을 만해 보였다. 새우는 노인의 발 밑에서 모래벼룩처럼 튀어 올랐다. 노인은 엄지손가락과 검지를 이용해 새우의 머리를 따낸 뒤 껍질이며 꼬리까지 다 씹어 먹었다. 노인은 이 조그만 새우가 영양이 풍부하고 맛도 좋다는 것을 알고 있었다.

아직도 물병에는 물이 두 모금쯤 남아 있었다. 노인은 새우를 먹고 나서 물을 한 모금 마셨다. 배는 무거운 짐을 실었는데도 잘 달렸고, 그는 키의 손잡이로 배의 방향을 조종했다. 물고기는 잘 보였다. 노인은 상처투성이가 된 두 손을 쳐다보았다. 뱃고물에 닿은 등이 아파 오자 비로소 이 일이 꿈이 아니라 생시라는 것을 실감했다. 물고기와의 싸움이 끝나 갈 무렵에는 너무 고통스러워서 이건 꿈일지도 모른다는 생각이 들기도 했었다.

그래서 물고기가 물 밖으로 솟구쳐 올랐다가 바다로 떨어지기 직전에 물고기의 자태를 보고서 이상하다고 여겼던 것이다. 노인은 도저히 그 광경을 믿을 수가 없었고. 심지어 그때는 시력이 좋지 않아서 눈앞에 펼쳐진 광경도 잘 보이지 않았기 때문이다.

이제 노인은 물고기도 실존해 있고, 자신의 손과 등도 실제로 아프다는 것을 깨달았다. 이것은 분명히 꿈이 아니었다. 이 정도의 상처는 얼마 가지 않아서 나을 거다, 노인은 생각했다. 피가 멈추었으니 소금물에 담그면 금세 낫겠지. 깊은 바닷속의 바닷물은 우리 같은 어부들에겐 무엇보다도 제일 잘 듣는 약이야. 손은 할 일을 훌륭히 해냈고, 또 배는 순조롭게 달리고 있어. 이제 내가 해야 할 일은 머리를 맑게 하는 것뿐이지.

물고기는 주둥이를 꽉 다문 채 꼬리만 수직으로 오르락내리락 하고 있었다. 물고기와 노인은 형제처럼 항해하고 있었다. 그러다가 정신이 조금 희미해지기 시작하자, 노인은 얼른 다른 생각을 했다. 물고기가 나를 데리고 가는 건가, 아니면 내가 물고기를 데리고 가는 건가? 내가 물고기를 뒤에 매달아 끌고 가고 있다면 혹은 물고기가 배에 실려 있다면 이런 생각이 들 리가 없어.

노인은 배와 물고기가 한데 묶여서 나란히 함께 나아가고 있다

는 생각이 들었다. 그래서 자꾸만 그런 혼란스러운 생각이 드는 것이다. 그러다가 물고기가 원한다면 나를 데리고 가도 상관없어. 내가 저 물고기보다 좀 낫다는 것은 꾀가 있다는 것뿐이다. 사실 물고기가 나를 해치는 건 아니니까.

그들은 순조롭게 육지를 향해 나아가고 있었다. 노인은 짠물에 손을 담근 채 정신을 차리려고 애썼다. 하늘에 뭉게구름이 높이 떠 있는 것으로 보아 밤새도록 미풍이 불 것이 틀림없었다. 노인은 자신이 거대한 물고기를 잡았다는 사실이 확실하다는 것을 확인하기 위해 물고기에서 눈을 떼지 않았다.

첫 번째 상어가 물고기를 공격해 온 것은 그로부터 한 시간이 지난 후였다. 상어의 공격은 결코 우연한 일이 아니었다. 물고기의 검은 피가 깊은 바닷속으로 퍼지자, 피 냄새를 맡은 상어가 푸른 수면을 박차고 물 위로 솟아 오른 것이다. 그러고는 다시 물속으로 들어가서 피 냄새를 쫓아, 배와 물고기가 지나온 길을 따라 헤엄쳐 왔던 것이다.

상어는 피 냄새의 흔적을 잃어버렸다가 다시 냄새를 찾아내 재빨리 따라왔다. 바다에서 가장 빨리 헤엄칠 수 있는, 덩치가 큰 마코상어였다. 그 상어는 흉악한 주둥이만 빼고는 몸 전체가 아름다

웠다. 잔등은 황새치처럼 푸른빛이었고 배는 은빛이며 매끈했다. 빠르게 헤엄칠 때는 커다란 주둥이를 꽉 다물고 있어서 꼭 황새치처럼 보였다. 상어는 바로 수면 아래에서 높은 등지느러미를 꼿꼿이 세운 채 노인의 배를 뒤쫓았다. 등지느러미가 가차 없이 물을 갈랐다. 꽉 다문 주둥이 속의 이빨은 다른 상어처럼 피라미드형이 아니었다. 여덟 줄의 이빨이 죄다 안으로 굽어 마치 매의 오그린 발톱 모양 같았다. 이빨의 길이는 거의 노인의 손가락 정도였고, 양쪽 끝이 면도날처럼 날카로웠다. 바다에 사는 어떤 물고기라도 잡아먹을 것처럼 생긴 이빨이었다. 게다가 놈은 매우 빠르고 힘이 세서 당해 낼 물고기가 없었다. 바로 그 공포의 상어가 신선한 피 냄새를 맡고서 전속력으로 쫓아온 것이다.

노인은 상어가 다가오는 모습을 보았다. 그리고 저 상어는 무서워하는 것이 전혀 없고, 하고 싶은 대로 하고야 마는 놈이라는 사실을 대번에 알아챘다. 그는 상어의 동태를 지켜보면서 작살을 준비하고 거기에다 밧줄을 단단히 묶었다. 그런데 고기를 비끄러매느라 잘라 쓴 밧줄은 그만큼 짧았다.

이제 노인의 머리는 맑았다. 상어를 보고 마음을 단단히 먹었지만 희망은 거의 없어 보였다.

"좋은 일은 결코 오래 지속되지 않는 법이야."

노인은 중얼거리면서 상어와 배에 매단 큰 물고기를 번갈아 가며 쳐다보았다. 이것 역시 차라리 꿈이라면 좋겠다, 노인은 생각했다. 상어가 공격하는 것을 막을 수는 없겠지만 잘하면 그놈을 잡을 수 있을지도 몰라. 이 망할 놈의 마코상어.

상어는 빠른 동작으로 뱃고물 가까이 바싹 몸을 붙였다. 상어가 물고기를 공격하려는 순간, 노인은 상어의 벌어진 주둥이와 괴기스러운 눈을 보았다. 놈이 바로 꼬리 위쪽의 살점을 물어뜯자 이빨에서 찰칵 소리가 났다. 잠시 상어의 머리가 물 밖으로 나왔다. 노인은 상어의 머리통을 겨누었다. 그리고 두 눈 사이의 줄무늬와 코에서 뒤로 똑바로 올라간 줄무늬가 교차되는 지점에 작살을 꽂았다. 그때 상어의 가죽과 살이 찢어지는 소리가 들렸다. 그리고 노인의 눈앞에는 그저 크고 날카로운 푸른 머리와, 커다란 눈과, 거친 이빨을 찰칵거리며 무엇이나 삼켜 버리는 툭 튀어나온 주둥이가 보일 뿐이었다. 그러나 바로 그곳이 상어의 골이 있는 위치였고, 노인은 있는 힘을 다해서 피투성이가 된 손으로 작살을 내리쳤다. 희망은 없었지만 무서운 결의와 철저한 증오심으로 작살을 꽂았다.

상어가 빙그르 돌기 시작했다. 노인이 언뜻 보기엔 이미 상어의 눈은 살아 있지 않았다. 상어는 수면에서 몸을 두 번 돌리고 밧줄이 감긴 몸을 또 돌렸다.

노인은 상어가 죽었다는 것을 알았지만 상어는 그 사실을 받아들이려 하지 않는 것처럼 보였다. 상어는 거꾸로 뒤집혔으면서도 꼬리로 물을 후려치고 연속해서 주둥이를 찰칵거리며 경주용 보트처럼 물살을 헤치고 달렸다. 상어의 꼬리가 요동치는 바람에 수면에는 하얀 물보라가 일었다. 이어서 밧줄이 팽팽해지고 부르르 떨리더니 뚝 끊어져 버렸다. 그때 상어의 몸뚱이가 대부분이 물 위로 드러났다. 상어는 잠시 수면에 가만히 떠 있었다. 노인도 움직이지 않고 상어를 지켜보았다. 이윽고 상어는 천천히, 아주 천천히 가라앉았다.

"저 망할 놈의 상어가 물고기를 뜯어 먹는 바람에 내가 벌 돈도 줄어들었어."

노인은 자못 억울하다는 듯이 소리 내어 말했다.

그리고 그놈이 작살과 밧줄도 모두 가져가 버렸다, 노인은 생각했다. 내 물고기는 아직도 피를 흘리고 있어. 그렇다면 언제든 다른 놈들이 또 나타날 테지.

노인은 더 이상 그 큰 물고기를 보고 싶지 않았다. 물고기가 뜯길 때 노인은 마치 자신의 살점이 뜯기는 것 같았다.

하지만 내 물고기를 물어뜯은 상어를 내가 죽였어, 노인은 생각했다. 그놈은 내가 본 중에서 가장 큰 마코상어야. 사실 나는 큰 놈들을 많이 보았지.

이렇듯 엄청난 행운이 오래갈 리가 있나, 노인은 생각했다. 온 힘을 다 쏟아 부어 물고기를 낚은 일조차 꿈이었으면 좋겠다. 신문지를 깔고 침대에 혼자 누워 있는 편이 더 좋을 텐데.

"인간은 패배하는 존재로 만들어진 게 아니야."

노인은 말했다.

"인간은 파괴될 수는 있어도 패하지는 않지."

물고기를 죽인 것이 좀 후회스럽군, 노인은 생각했다. 이제부터는 더 큰 시련이 닥쳐올 텐데, 나에게는 작살마저 없으니. 마코상어는 대부분 잔인하고 힘이 세며 영리해. 하지만 내가 그 상어보다는 더 영리했어. 아, 내가 더 영리한 것이 아니라 다만 저들보다 무장이 잘되어 있었던 것뿐이라면 큰일이군.

"쓸데없는 생각일랑 말라고, 늙은이."

노인은 스스로를 꾸짖었다.

"상어가 나타나면 그때 상대할 일이지, 벌써부터 걱정은 왜 하고 있담."

하지만 생각하지 않을 수가 없어, 노인은 생각했다. 남은 것이라고는 그것밖에 없으니. 오직 그것하고 야구뿐이다. 내가 상어의 골통을 찌르던 멋진 순간을 디마지오가 봤으면 어떻게 생각했을까? 뭐 그리 대단한 솜씨는 아니었지만. 그건 사실 누구나 할 수 있는 일인걸. 그러나 내 손이 뒤꿈치 뼈가 아픈 만큼 불리한 조건이었을까? 알 수 없어. 옛날에 헤엄을 치다가 가오리에게 찔린 적이 있었지. 그땐 하반신이 마비되고 참을 수 없을 정도로 아팠었어. 그때 말고는 뒤꿈치에 이상이 생긴 적은 없었지, 아마.

"이봐, 기왕이면 뭐 좀 유쾌한 일이나 생각하지, 늙은이."

노인은 말했다.

그는 중얼거리며 나름대로 계산을 해보았다. 이제 시시각각 집이 가까워지고 있어. 또 물고기의 살점을 일부 잃었기 때문에 배는 더 가볍게 달리고 있지.

그러나 배가 조류의 안쪽으로 들어가면 어떤 일이 일어나리라는 것을 노인은 잘 알고 있었다. 그리고 이제는 어찌할 방도가 없었다.

"아니야, 반드시 다른 방법이 있을 거야."

노인은 큰 소리로 말했다.

"그래, 노 끝에 칼을 묶어 놓으면 돼."

노인은 겨드랑이에 끼고 있던 키 손잡이와 밟고 있던 돛자락을 이용해서 무기를 만들었다.

"자, 나는 틀림없이 늙은이에 불과해. 그렇지만 무장은 되어 있잖아."

미풍이 좀 세지는 듯했다. 배는 잘 달렸다. 노인은 물고기의 앞부분만을 바라보기로 했다. 그러자 약간의 희망이 생겼다.

희망 없이 산다는 것은 매우 어리석은 일이다. 심지어 그것은 죄다. 지금은 죄에 대해서는 생각하지 마라. 지금은 죄 말고도 얼마든지 생각해야 할 문제가 많다. 또한 죄가 뭔지도 잘 모르겠다.

나는 죄가 뭔지 잘 모르겠고 또 그런 게 있다고 믿고 있는지도 확실하지 않아. 그렇더라도 아마 그 고기를 죽인 것은 죄가 될 거야. 내가 살기 위해서, 또 여러 사람에게 먹이기 위해서 그렇게 했다 할지라도 그것은 죄야. 하지만 그렇다면 무엇이든 죄가 아닌 게 없을 테지. 아무튼 지금은 죄를 생각하지 말자. 이제 와서 그런 생각을 하기에는 너무 늦었어. 그리고 돈을 받고 죄에 대해 생각

해 주는 사람들도 있으니까. 그런 사람들이나 죄에 대해 실컷 생각하라지. 물고기가 물고기로 태어난 것처럼 나는 어부가 되려고 태어난 거야. 성 베드로도 디마지오의 아버지도 한때 어부였어.

노인은 자신과 관련한 모든 일을 긍정적으로 생각했다. 노인에게는 읽을 책도, 라디오도 없었기 때문에 자연히 많은 생각을 하게 되었다. 그중에 하나는 죄였다.

너는 다만 살기 위해서라든지 팔기 위해서 물고기를 죽인 것은 아니다. 긍지를 위해서, 또 어부이기 때문에 물고기를 죽인 것이다. 너는 물고기가 살아 있을 때도 사랑했고, 죽은 뒤에도 역시 사랑했다. 만약 진정 고기를 사랑한다면 죽이는 것은 죄가 아니야. 아니, 오히려 죄보다 더한 것이 되는 걸까?

"늙은이, 자네는 생각이 너무 많군."

노인은 소리 내어 말했다.

그러나 너는 마코상어를 죽이고 기뻐했어, 노인은 생각했다. 그놈은 너처럼 산 고기를 먹고 살아. 어떤 상어는 썩은 고기나 먹고 돌아다니지만, 그놈은 아름답고 고상하며 어떤 두려움도 모르는 상어야.

"맞아! 나는 정당방위로 그 상어를 죽였어."

노인은 소리 내 말했다.

"그리고 나는 놈을 멋지게 해치웠어."

노인은 문득 이런 생각이 들었다. 실제로 모든 동물들은 대부분 다른 동물들을 죽이며 살아가고 있어. 고기잡이는 내가 살아갈 수 있게 해 주는 일이면서 나를 죽이기도 하지. 아니, 나를 살게 해 주는 건 그 아이야. 나 자신을 너무 속여서는 안 돼.

그는 뱃전으로 몸을 굽혀 상어가 물어뜯어 놓은 물고기의 살점을 한 점 떼어 냈다. 그리고 그것을 씹으면서 고기의 질과 맛을 음미했다. 그 물고기는 소고기처럼 살이 단단하고 물이 많았으나 붉지는 않았다. 힘줄도 없었다. 시장에서 최고가로 팔릴 만한 충분한 가치가 있었다. 그런데 냄새가 물속으로 퍼져 나가는 것만은 막을 도리가 없었다. 노인은 불길한 예감이 들었다. 무언가 불행한 일이 닥쳐오고 있다는 것을 느낄 수 있었다.

여전히 미풍이 불었다. 동북쪽으로 약간 방향이 바뀌는 듯했으나 미풍이 잦아들 것 같지 않았다. 노인은 멀리 앞을 내다보았다. 사방을 둘러보았으나 돛도 선체도, 배에서 올라오는 연기조차 보이지 않았다. 날치가 뱃머리 쪽에서 뛰어오르고 누런 해초 더미만이 있을 뿐이었다. 새 한 마리도 보이지 않았다. 노인은 뱃고물에

기대어 앉아 쉬면서 기운을 차리려고 애썼다. 이따금 청새치의 살점을 씹으면서 두 시간 정도 항해했을 무렵, 노인은 쫓아오던 상어 두 마리 중에 앞서 오는 놈을 발견했다.

"아!"

노인은 절망적인 비명을 토했다. 못이 자신의 손을 뚫고 나무에 박힐 때 지를 수 있는 그런 소리였다.

"녀석들이군."

노인은 소리 내어 말했다. 노인은 곧 앞 놈 뒤로 유유히 따라오고 있는 두 번째 놈의 지느러미도 보았다. 갈색 삼각형 지느러미와 스치고 지나가는 꼬리의 동작으로 보아서 이놈들은 코가 삽같이 생긴 삽살코상어가 틀림없었다. 그들은 가뜩이나 배가 고픈데 피 냄새를 맡아서 흥분한 상태였다.

노인은 돛을 비끄러매고 키의 손잡이도 끼워 놓았다. 그러고는 칼을 묶어 놓은 노를 잡았다. 하지만 손이 아파서 제대로 움직일 수가 없었다. 노인은 될 수 있는 한 힘들이지 않고 노를 쳐들려고 노력했다. 그러고는 손을 가볍게 폈다 오므렸다 하면서 풀기 시작했다. 노인은 고통을 참기 위해 또다시 뒤로 물러서지 않을 것이라고 다짐하며 두 손을 꽉 쥐었다. 그는 상어가 다가오는 것을 가

만히 지켜보았다. 이제 상어의 넓적하고 평평하며 삽처럼 뾰족한 머리가 분명히 보였다. 끝이 희고 넓은 가슴지느러미도 보였다. 놈들은 상어 중에서도 가장 혐오스러운 상어였다. 삽살코상어는 산 것이나 죽은 것이나 가리지 않고 먹으며, 썩은 냄새가 나도 개의치 않고 먹어 치운다. 심지어 배가 고플 때는 노든 키든 마구 물어뜯기까지 한다. 해면에 잠들어 있는 거북이의 다리나 발을 잘라 먹는 것도 바로 이놈들이다. 배가 고프면 생선의 피 냄새나 비린 내가 나지 않아도 사람에게 덤벼들기까지 한다.

"아!"

노인은 짧은 비명을 토했다.

"갈라노(Galano, '멋지거나 용감하거나 우아한' 것을 뜻하는 스페인어_옮긴이), 너냐! 어서 오너라, 이놈 갈라노야."

첫 번째 상어가 다가왔다. 그러나 좀 전의 마코상어처럼 덤벼들지는 않았다. 그 상어 중에 한 놈이 몸을 돌리더니 배 아래로 들어가 버렸다. 그놈이 몸부림치며 고기를 물어뜯을 때마다 배가 흔들렸다. 다른 한 놈은 가늘게 찢어진 눈으로 노인을 쳐다보고 있다가 반원형 주둥이를 크게 벌리며 쏜살같이 덤벼들었다. 그놈은 이미 물어뜯긴 자리를 집중적으로 공격했다. 갈색 정수리에서부터

골이 척추와 만나는 뒤통수에 이르기까지 줄무늬가 선명하게 이어져 있었다. 노인은 노에 묶인 칼을 이용해 상어의 줄 부분을 냅다 찔렀다. 그런 다음 다시 고양이같이 생긴 상어의 누런 눈을 향해 칼을 내리꽂았다. 상어가 물었던 물고기를 놓고 떨어져 나갔다. 그놈은 기어코 물어뜯은 물고기를 삼키면서 죽어 갔다.

다른 한 놈은 여전히 물고기를 물어뜯고 있었다. 물고기의 살점이 뜯겨 나갈 때마다 배가 요동쳤다. 노인은 뱃전을 돌려서 상어를 물 밖으로 끌어내야겠다고 생각했다. 그리고 돛을 내려 버렸다. 그러자 상어가 나타났다. 그는 기회를 놓칠세라 뱃전에 몸을 기대고 놈의 몸을 찔렀다. 그러나 껍질이 단단해서 살만 찢어졌을 뿐 깊이 찔리지는 않았다. 너무 힘껏 찌르느라 두 손은 물론이고 어깨까지 아파 왔다. 상어는 또다시 머리를 쳐들고 쏜살같이 올라왔다. 상어의 코가 물 밖으로 나오더니 물고기를 향해 달려들었다. 상어가 고기의 살점에 코를 박고 있을 때 노인은 평평한 정수리 한가운데를 겨냥해 칼을 꽂았다. 계속해서 칼날을 뽑아서 연속으로 같은 곳을 찔렀다. 그래도 상어는 주둥이를 처박고 물고기에 매달려 있었다. 이번에는 왼쪽 눈을 찔러 보았다. 여전히 상어는 떨어져 나가지 않았다.

"이놈! 이래도 안 떨어져?"

노인은 최후의 일격을 가하듯 칼날로 상어의 척추골과 두개골 사이를 찔렀다. 이번에는 칼이 쉽게 들어갔고, 상어의 연골이 쪼개지는 것이 느껴졌다. 노인은 노를 거꾸로 잡은 채 상어의 주둥이를 벌리기 위해 이빨 사이로 노깃을 비틀어 넣었다. 상어의 주둥이 속에 들어간 노를 한 바퀴 비틀자 상어가 힘없이 떨어져 나갔다. 노인은 말했다.

"죽어라, 이 갈라노야."

"어둠 속 깊이깊이 가라앉아 먼저 간 네놈의 친구인지 어미인지나 만나라."

노인은 숨을 몰아쉬며 칼날을 닦고 노를 놓았다. 그다음 아딧줄을 찾아서 동여매고 돛에 바람을 가득 채웠다. 그 모양을 보면서 노인은 배의 방향을 바로잡았다.

"물고기의 사분의 일이나, 그것도 제일 맛있는 부분을 뜯어 먹었군."

노인은 침통한 목소리로 중얼거렸다.

"이것이 꿈이라면, 아니 차라리 내가 물고기를 잡지 않았다면 좋았으련만. 미안하다, 물고기야. 결국 모든 일을 그르쳤구나."

노인은 할 말을 잃고 말았다. 이제 물고기를 쳐다보는 것조차 싫었다. 너무 많은 피를 흘리고 물에 씻기고 불어서 물고기의 색깔은 거울 뒷면의 탁한 은빛을 띠었다. 그래도 아직 줄무늬는 보였다.

"멀리 나가지 말걸 그랬다, 물고기야."

노인은 또다시 중얼거리기 시작했다.

"그게 너를 위해서나 나를 위해서 더 좋았을 텐데……. 미안하다, 물고기야."

노인은 계속 혼잣말을 했다.

"이제는 칼이 잘 묶여 있나 살펴보고 끊긴 데가 없나 봐야지. 상어는 또 올 테니 손도 제대로 쓸 수 있게 움직여야지. 이럴 때 칼을 갈 숫돌이 있었으면……."

노인은 노 손잡이에 칼이 잘 묶여 있나 살펴보았다. 그리고 안타까운 듯이 말했다.

"정말 숫돌을 가지고 나왔어야 했는데……."

가지고 왔어야 했던 것이 한두 가지가 아니었군, 다른 것들도 모두 가지고 나왔어야 했어, 노인은 생각했다. 하지만 늙은이야. 그런 생각을 하면 뭣해. 자네는 가지고 오지 않았는데! 지금은 없

는 것을 생각할 때가 아니야. 있는 것으로 무엇을 할 수 있는가를 생각하라고.

"여러 가지 좋은 충고를 해 주는군. 이제는 그것도 아주 싫증이 났어."

노인은 큰 소리로 말했다. 그는 키를 겨드랑이에 낀 채 배가 앞으로 나아가는 대로 두고 손을 물속에 담갔다.

"마지막 놈이 얼마나 뜯어 먹었는지 모르겠다."

노인은 말했다.

"하지만 덕분에 배는 훨씬 가벼워졌어."

노인은 물어뜯긴 물고기의 아래쪽 부분에 대해서는 생각하고 싶지 않았다. 상어가 쿵 하고 치받을 때 살점이 뜯겨 나갔을 테고, 지금쯤은 그 살점이 바다의 모든 상어를 다 불러들일 만큼 고속도로처럼 널찍한 길을 닦아 놓았다는 것도 잘 알았다.

이 물고기 한 마리만 있으면 한 사람이 겨우내 먹을 수 있을 거다, 노인은 생각했다. 지금 그런 생각은 하지 마라. 최대한 휴식을 취하면서 남은 고기를 지킬 수 있는 방도나 생각해 두어라. 지금쯤 바다에 온통 고기 냄새가 퍼져 있을 텐데, 내 손에서 나는 피비린내쯤은 아무것도 아니다. 게다가 내 손은 피를 많이 흘린 것도

아니다. 상처도 걱정할 만큼 큰 것도 아니고, 피를 흘렸으니까 쥐도 안 날 것이다.

또 다른 무엇인가 생각할 것이 없을까, 노인은 생각했다. 아무것도 없다. 이제 아무 생각도 하지 말고 다음에 올 놈들이나 기다려야 한다. 부디 이 일이 꿈이라면 좋겠다. 그러나 혹시 또 모를 일이지 않은가? 어쩌면 모든 일이 다 잘 풀릴지도.

다음에 나타난 놈은 신락상어였다. 사람 머리가 들어갈 만큼 넓은 주둥이가 달린 돼지가 있다면 바로 그런 형상이지 않았을까. 그놈은 돼지가 죽통을 향해 달려들 듯 다가왔다. 노인은 그놈이 고기를 물게 두었다가 노에 비끄러맨 칼로 단 한 번에 머리를 찔렀다. 그러나 상어가 몸통을 뒤집으며 튕겨 나가는 바람에 칼날이 통 부러지고 말았다.

노인은 마음을 진정시키려고 애쓰며 노를 잡았다. 그는 그 커다란 상어가 물속으로 천천히 가라앉는 모습을 쳐다보지 않았다. 처음에는 살아 있을 때의 크기에서 조금 작아졌다가 점차 아주 작아지면서 천천히 가라앉는 모습을 보면서 언제나 황홀해하곤 했는데, 이제는 거들떠보고 싶지도 않았다.

"나에게는 아직 작살이 남아 있어."

노인은 말했다.

"그러나 별 소용은 없을 거야. 그래도 아직 노가 두 개에다, 키 손잡이와 짤막한 몽둥이가 하나 있으니까 괜찮겠지."

결국 나는 저놈들한테 지고 마는구나, 노인은 생각했다. 이제 너무 늙어서 몽둥이로 상어를 때려죽일 수도 없다. 그러나 내게 노와 짧은 몽둥이 그리고 키 손잡이가 있는 한 끝까지 싸워 볼 것이다.

노인은 다시 두 손을 짠 바닷물에 적시려고 담갔다. 벌써 날이 저물어서 바다와 하늘밖에는 아무것도 보이지 않았다. 바람은 좀 전보다 더 세차게 일었으므로 노인은 어서 뭍이 보였으면, 하고 바랐다.

"자네는 지쳤군, 늙은이."

그는 중얼거렸다.

"정말 속속들이 지쳤어."

해가 지기 바로 직전에 또다시 상어 떼가 덤벼들었다. 정확하게 노인의 물고기가 바다에 닦아 놓은 넓은 길을 따라 놈들이 다가오고 있었다. 먼저 갈색 지느러미가 다가오는 것이 보였다. 놈들은 냄새를 찾아서 이리저리 몰리지도 않았다. 서로 나란히 헤엄치며

똑바로 배를 향해 달려왔다.

노인은 손잡이를 끼우고 돛 줄을 비끄러맨 다음 뱃고물 밑창에서 몽둥이를 꺼냈다. 그것은 부러진 노 손잡이를 잘라서 만든, 약육십 센티미터 정도 길이의 몽둥이였다. 손잡이가 달려 있기 때문에 한 손으로도 쉽게 다룰 수 있었다. 노인은 오른손으로 그것을 꽉 쥐고 왼손을 구부렸다 폈다 하면서 상어 떼가 다가오는 것을 지켜보았다. 두 마리 모두 갈라노상어였다. 첫 번째 놈이 물고기를 물면 콧등이나 정수리를 겨냥하고 쳐야지, 하고 노인은 생각했다.

노인은 먼저 온 상어가 물고기의 은빛 배에 주둥이를 처박는 것을 보자마자 몽둥이를 높이 치켜들었다. 그다음 상어의 정수리에 꽝 하고 힘껏 내리쳤다. 몽둥이가 상어의 머리와 부딪치자 단단한 고무 탄력감이 느껴졌다. 더불어 뼈에 부딪친 듯한 딱딱한 느낌도 들었다. 상어가 물고기로부터 미끄러져 나가려고 할 때 노인은 다시 한 번 세차게 콧잔등을 갈겼다.

다른 한 놈은 물속으로 들어갔다 나왔다 하더니 주둥이를 쩍 벌린 채 나타났다. 상어의 주둥이 양옆으로 허연 살점이 삐져나와 있는 것이 보였다. 노인은 있는 힘껏 몽둥이를 휘둘러서 놈의 머

리를 쳤다. 그러나 상어는 노인을 경계하는 듯 힐끗 바라봤다가 다시 고깃점을 물어뜯었다. 상어가 물고기의 살점을 삼키려고 뒤로 살짝 물러날 때 또다시 노인은 몽둥이를 휘둘렀다. 그러나 아무리 몽둥이를 내리쳐도 느껴지는 것은 무겁고 단단한 고무 탄력감뿐이었다.

"아아! 어서 오너라, 이 갈라노 놈들아."

노인은 외쳤다.

"다시 한 번 덤벼 봐라!"

상어가 쏜살같이 달려와서 다시 물고기를 문 채 주둥이를 다물었다. 그때마다 노인은 상어를 몽둥이로 내리갈겼다. 그것도 아주 호되게, 될 수 있는 한 몽둥이를 높이 쳐들었다가 내려쳤다. 이번에는 골통 밑바닥 뼈에 몽둥이가 닿는 것이 느껴졌다. 그래서 상어가 살점을 천천히 뜯고 떨어져 나갈 때 또 한 번 같은 곳을 후려쳤다.

노인은 상어가 또다시 덤벼드나 지켜보았다. 그러나 두 놈 모두 보이지 않았다. 그런데 잠시 시간이 흐르자, 한 마리가 빙빙 돌면서 물 위를 헤엄쳐 오는 것이 보였다. 다른 한 마리는 지느러미조차 보이지 않았다.

놈들을 죽일 수 있다고 기대하지는 말자, 노인은 생각했다. 물론 한창때 같으면 죽일 수도 있었을 테지만 말이다. 두 놈 모두 몹시 심한 상처를 입었으니 성한 상태는 아닐 거야.

두 손으로 몽둥이를 쓸 수만 있었다면 처음 덤벼든 놈은 확실히 죽일 수 있었을 텐데, 아니 지금이라도 당장 죽일 수 있는데, 하고 노인은 생각했다.

노인은 물고기를 외면했다. 이미 절반은 뜯긴 것을 잘 알고 있었기 때문이었다. 노인이 상어와 싸우는 동안 해가 지고 말았다.

"곧 어두워질 거야."

노인은 말했다.

"그러면 아바나의 불빛도 보이겠지. 동쪽으로 너무 나왔다면 낯선 해안의 불빛이라도 보일 거야."

거리상으로 짐작해 보아도 해안에서 그리 멀지 않을 텐데, 노인은 생각했다. 아바나에 있는 사람들이 너무 걱정들을 안 했으면 좋겠어. 물론 그 아이만은 나를 걱정하고 있겠지. 그러나 아이는 끝까지 믿고 있을 거야.

노인은 진심으로 그렇게 생각했다. 나는 인정이 넘치는 마을에서 살고 있어.

물고기는 너무 심하게 뜯겨져서 더 이상 물고기를 상대로 대화를 나눌 수도 없었다. 그때 문득 어떤 생각이 머리에 떠올랐다.

"반쪽 물고기야……."

노인은 말을 하기 시작했다.

"너는 지난날 분명히 온전한 물고기였는데, 내가 너무 멀리 나가는 바람에 이렇게 되었구나. 정말 미안하다. 내가 우리 둘을 망쳤다. 하지만 우리는 여러 마리의 상어를 죽였어. 바로 너하고 나하고 말이야."

노인이 반쪽 물고기를 바라보며 계속해서 말했다.

"여러 놈에게 상처도 입었고 말이지. 반쪽 물고기야, 너는 그동안 몇 마리나 죽였니? 네 머리에 있는 그 창 같은 주둥이를 쓸데없이 달고 있는 것은 아니었겠지."

만약에 이 물고기가 지금도 자유롭게 바닷속을 헤엄쳐 다니고 있다면 상어를 어떻게 상대했을까. 노인은 물고기에 대해 이런 생각을 하는 것이 즐거웠다. 이럴 줄 알았으면 물고기의 창 같은 주둥이를 잘라 그것을 가지고 상어 놈들과 싸웠으면 좋았을 텐데, 하는 생각도 들었다. 그러나 노인에게는 지금 도끼도, 칼도 없었다.

그런 것이라도 있어서 노 손잡이 끝머리에 매달 수 있다면 얼마나 훌륭한 무기가 되었겠는가. 그랬다면 나와 물고기는 내내 둘이서 상어 놈들과 싸우는 것이나 진배없었을 것이다. 얼마나 대단한 무기가 되었겠는가. 그런데 만약 한밤중에 상어가 덤벼들면 어떻게 하지? 이제 어떻게 한단 말인가.

"싸우는 거야."

노인은 말했다.

"죽을 때까지 싸울 거야."

이제 날은 어두워졌고, 사방의 어디에도 불빛은 보이지 않았다. 성냥불만 한 불빛도 없었다. 다만 바람이 불고 있는 것이 느껴질 뿐이었다. 바람은 꾸준히 배를 끌고 갔다. 노인은 자신이 혹시 이미 죽은 것이 아닌가, 하는 생각마저 들었다. 노인은 두 손바닥을 마주 대 보았다. 죽지 않았다. 단순히 두 손을 폈다 오므렸다만 해 보아도 고통을 인식할 수 있었다. 이번에는 등을 뱃고물에 대 보았다. 역시 자신은 죽지 않았음을 알 수 있었다. 양쪽 어깨가 그 사실을 말해 주고 있었던 것이다.

물고기를 잡으면 외겠다고 약속한 기도문이 있었지, 노인은 생각했다. 하지만 지금은 너무 지쳐서 욀 수 없어. 부대를 찾아서 어

깨를 덮는 것이 좋겠군.

그는 뱃고물에 누워서 키를 잡았다. 그리고 하늘이 밝아 오기만을 기다렸다.

물고기는 아직 반이나 남아 있어, 노인은 생각했다. 아마 앞쪽은 가지고 돌아갈 수 있을지도 몰라. 행운만 조금 따라 주면 돼.

"아니야."

불현듯 노인은 중얼거렸다.

"네가 너무 멀리 나왔을 때 이미 너는 행운을 깨뜨린 거였어."

노인은 큰 소리를 치며 말했다.

"어리석은 생각은 하지 마."

정신 차리고 키나 잡고 있어. 아직 운이 많이 남았는지도 모르니, 노인은 생각했다. 행운을 파는 곳이 있다면 지금 당장 좀 샀으면 좋겠군. 그렇지만 무엇으로 사지? 잃어버린 고기잡이용 작살과 부러진 칼, 그리고 못 쓰게 된 이 두 손으로 도대체 무엇을 사올 수 있단 말인가.

"혹시 살 수 있을지도 몰라."

노인은 말했다.

"바다에서 허송세월하며 지낸 팔십사 일이란 값을 치르고 행운

을 사려고 했어. 그리고 거의 살 뻔도 했잖아."

쓸데없는 생각은 하지 말자, 노인은 생각했다. 행운이란 여러 형태로 찾아오는데 누가 그것을 미리 알 수 있는가. 그렇지만 나는 행운이 어떤 형태로 오든지 그것을 좀 갖고 싶다. 그리고 행운이 요구하는 값을 치르겠어. 어서 환한 불빛이 보였으면 좋으련만, 노인은 생각했다. 이봐, 늙은이. 자네는 한꺼번에 너무 여러 가지를 바라는군. 그러나 내가 당장 바라는 것은 바로 그것이다.

노인은 좀 더 편한 자세로 키를 잡으려고 애썼다. 아픔을 느끼게 되자 노인은 자신이 죽지 않았다는 것을 확신했다.

밤 열 시쯤 되자 도시의 불빛에서 반사된 빛이 보였다. 그러나 그 빛도 처음에는 달이 뜨기 전에 하늘이 약간 밝아진 것처럼 겨우 알아볼 정도였다. 그러더니 바람이 점점 강해지고 파도가 일었다. 마침내 대양 저 건너편에 불빛이 보였다. 그는 빛의 안쪽을 향해 키를 돌리며 이제 곧 물가에 닿게 되리라고 생각했다.

이제 모든 것이 끝났구나, 노인은 생각했다. 하지만 그래도 아직 안심할 수는 없다. 상어가 또다시 공격해 올지 모른다. 만약에 상어가 오면 무기도 없이 어두컴컴한 데서 무엇을 어떻게 할 수 있을까?

노인은 몸이 뻣뻣해지는 것을 느꼈다. 온몸 구석구석이 고통스럽게 쓰라렸다. 상처와 함께 몸의 모든 긴장했던 부분이 풀어지면서 차가운 밤공기로 인해 더욱 쑤셔 댔다. 이제 다시는 싸우지 않아도 된다면 얼마나 좋을까.

그러나 자정께쯤 노인은 또 싸워야만 했다. 이번에는 싸워도 아무 소용없다는 것을 알았다. 상어 떼가 몰려 왔다. 지느러미가 해면에 긋는 선과 물고기에게 덤벼들 때의 인광만이 보였다. 노인은 몽둥이로 상어의 머리를 후려갈겼다. 수시로 살점을 뜯어먹는 소리가 들렸으며, 배 아래에 있는 놈이 물고기를 물어뜯을 때마다 배가 흔들렸다.

노인은 몽둥이로 어디쯤이라고 짐작되는 곳과 소리 나는 곳을 필사적으로 후려쳤다. 그러다 마침내 몽둥이마저 빼앗기고 말았다. 노인은 키에서 손잡이를 떼어 냈다. 그리고 그것을 두 손으로 움켜잡고 상어들을 몰아내기 위해 정신없이 두들겼다. 그러나 상어들은 이제 이물 쪽으로 몰려가더니 서로 번갈아 가며, 또는 한꺼번에 덤벼들어 고기의 살점을 뜯었다. 그들이 또 한 번 몰려오려고 한 바퀴 돌 때 노인은 바다 밑에서 고기의 살점들이 빛나는 것을 보았다. 마지막으로 한 놈이 물고기를 향해서 덤벼들었다. 이

288

제 노인은 모든 것이 끝났다는 사실을 알았다. 그놈은 뜯기지 않는 물고기 머리까지 물고 늘어졌다.

노인은 상어의 머리를 향해 키 손잡이를 휘둘렀다. 한 번, 두 번, 그리고 또 한 번 휘둘러 쳤다. 키 손잡이가 부러지는 소리가 들렸다. 노인은 내친 김에 부러진 키 끝으로 상어를 찔렀다. 노 끝이 둔탁하게 상어의 몸통을 뚫고 들어가는 것이 느껴졌다. 끝이 뾰족한 것은 틀림없었다. 그래서 노인은 다시 한 번 상어를 찔렀다. 상어는 물었던 것을 놓고 맥없이 떨어져 나갔다. 그것이 몰려든 상어 떼의 마지막 놈이었다. 놈들이 뜯어 먹을 물고기도 더는 남아 있지 않았다.

노인은 이제 거의 숨을 쉴 수 없을 지경이었다. 입안에 뭔가 이상한 맛이 돌았다. 그것은 구리쇠 같은 맛이었고 들쩍지근했다. 순간 노인은 두려움에 사로잡혔다. 하지만 그다지 양이 많지 않아서 노인은 그것을 바다에 뱉으며 말했다.

"갈라노야, 이거나 먹어라, 그리고 사람 죽인 꿈이나 꾸어라."

노인은 자신이 마침내 구제될 길 없이 완전히 패배하고 말았다는 사실을 깨달았다. 그는 배의 뱃고물로 돌아가 톱니처럼 들쭉날쭉 부러진 키 손잡이 끝을 살폈다. 손잡이는 배의 방향을 조종할

수 있을 만큼 키 구멍에 잘 맞혀져 있었다. 노인은 어깨에 부대를 두르고 배의 방향을 바로잡았다. 이제 배는 아주 가볍게 나아갔다. 노인은 아무 생각도, 느낌도 없었다. 이제 모든 것은 다 지나가버렸다. 노인은 어서 빨리 모항으로 돌아가기 위해 될 수 있는 대로 솜씨 있게, 기민하게 배를 몰고 갔다. 잠시 후에 상어 떼가 식탁에 남은 찌꺼기를 주우려는 사람처럼 고기의 잔해를 향해 덤벼들었으나 노인은 더 이상 신경 쓰지 않았다. 키를 잡는 일 외에는 이제 모든 일에 무관심했다. 무거운 짐이 없으므로 배가 아주 가볍게 잘 달린다고 느낄 뿐이었다.

배는 아직 괜찮구나, 노인은 생각했다. 배는 온전해. 키 손잡이 말고는 아무 이상이 없다. 키 손잡이는 쉽게 바꿔 달 수 있지.

노인은 이제 배가 조류의 안쪽에 들어왔다는 것을 느꼈다. 해안을 따라 늘어선 해변 부락의 불빛이 보였다. 그는 자신이 어디쯤에 와 있는지도 알 수 있었다. 집에 돌아가는 것은 이제 식은 죽먹기였다.

어쨌든 바람은 우리의 진실한 친구야, 노인은 생각했다. 그리고 덧붙였다. 항상 그렇다는 것은 아니고. 우리의 친구도 있고 적도 있는 저 바다도 그렇지. 그리고 침대도. 그래, 침대도 내 친구

야. 그저 침대 하나면 돼, 노인은 다시 생각했다. 침대에 누우면 참 편안할 거야. 바로 네가 패배했을 때 침대에 누울 수 있지. 침대란 정말 훌륭한 친구다. 침대란 놈이 얼마나 편안한 것인지 그동안에는 미처 몰랐어. 그런데 내가 무엇 때문에 이렇게 지친 것일까. 노인은 곰곰이 생각해 보았다. 바다에서 겪은 일이 꿈만 같았다.

"아무것도 아니야."

그는 큰 소리로 말했다.

"단지 내가 너무 멀리 나갔기 때문이야."

마침내 노인이 작은 항구에 들어왔을 때, 테라스의 불은 이미 꺼져 있었다. 사람들도 모두 잠자리에 든 모양이었다. 계속해서 미풍이 불더니 이제는 거센 바람이 불기 시작했다. 그러나 항구는 아무 인기척도 없이 조용했다. 그는 바위 아래 좁은 자갈밭에다 배를 댔다. 도와줄 사람은 없었다. 노인은 될 수 있는 한 배를 뭍에 바싹 갖다 댔다. 그리고 배를 바위에 단단히 묶어 놓았다.

마침내 노인은 돛대를 내리고 일어섰다. 그다음 돛대를 들어 어깨에 메고 해변 길 위쪽으로 올라갔다. 그제야 노인은 자신이 얼마나 피로한가를 절실히 깨달았다. 그는 잠시 걸음을 멈춘 채 뒤를 돌아보았다. 가로등 불빛이 물에 반사돼 물고기의 커다란 몸통

이 배의 뱃고물 뒤에 높이 솟아 있는 것이 보였다. 그것의 꼬리는 빳빳이 서 있었다. 희끄무레한 등뼈 선과 뾰족하게 튀어나온 주둥이가 달린 검은 머리통, 그 사이는 앙상하게 텅 비어 있는 것이 보였다.

그는 다시 언덕길을 올라가기 시작했다. 언덕 꼭대기에 이르렀을 때 그는 그만 힘없이 넘어져서 돛대를 어깨에 멘 채 그대로 잠시 누워 있었다. 그리고 일어나려고 애를 썼지만 너무 힘이 들어서 가까스로 돛대를 어깨에 메고 앉은 채 망연히 길 쪽을 바라보았다. 마침 고양이 한 마리가 볼일을 보기 위해 저 멀리 길을 건너가고 있었다. 노인은 고양이를 물끄러미 바라보았다. 그러고는 다시 마냥 길 쪽을 바라볼 뿐이었다. 이윽고 그는 돛대를 내려놓고 우선 몸부터 일으켜 세웠다. 그리고 다시 돛대를 집어서 어깨에 멘 채 걷기 시작했다. 자신의 판잣집까지 가는 동안 그는 다섯 번이나 앉아서 쉬어야만 했다.

판잣집 안으로 들어간 노인은 벽에 돛대를 세워 놓았다. 어둠 속에서도 그는 익숙하게 물병을 찾아내 물을 한 모금 마셨다. 그러고는 침대에 드러누웠다. 담요를 끌어당겨 어깨와 등, 다리를 차례대로 덮은 다음에 엎드려서 신문지에 얼굴을 파묻었다. 양팔

은 몸 바깥쪽으로 쭉 뻗고 펼친 손바닥은 위로 향한 채 그대로 잠이 들었다.

아침에 소년이 판잣집의 문을 열고 안을 들여다보았을 때도 노인은 잠들어 있었다. 바람이 심해져 유자망 어선조차도 바다에 나가지 않을 상황이었다. 그래서 늦잠을 자고 일어난 소년은 아침마다 늘 그랬듯이 노인이 걱정돼 찾아온 것이다. 소년은 곤하게 잠들어 있는 노인 곁으로 다가가 숨을 쉬고 있는지 확인했다. 다음 순간 소년은 노인의 두 손을 보고 울기 시작했다. 소년은 커피를 가져와야겠다고 생각하며 조용히 밖으로 나왔다. 길을 따라 내려가면서도 소년은 내내 엉엉 울었다.

여러 어부들이 노인의 배 주위에 모여서 구경을 하고 있었다. 한 사람은 바지를 걷고 물속에 들어가서 줄자로 물고기 잔해의 길이를 재는 중이었다. 소년은 벌써 가 보았으므로 그곳으로 내려가지 않았다. 소년 대신 어부 한 사람이 배를 살펴보며 뒤처리를 하고 있었다.

"노인은 좀 어떠시냐?"

어부들 중에 한 명이 소리쳤다.

"계속 주무세요."

소년이 소리쳤다. 어부들이 자기가 울고 있는 것을 바라보고 있었지만 소년은 개의치 않았다.

"절대로 할아버지를 깨우지 마세요."

"코에서 꼬리까지 무려 오백오십 센티미터야."

물고기의 골격 크기를 재고 있던 어부가 크게 소리쳤다.

"아마 그럴 거예요."

소년은 대수롭지 않다는 듯이 말했다. 그러고는 곧 테라스로 내려가서 커피 한 잔을 주문했다.

"뜨겁게 해 주세요. 우유와 설탕을 듬뿍 넣어 주시고요."

"뭐 다른 필요한 것은 없니?"

"네, 없어요. 나중에 할아버지가 무엇을 드실 수 있는지 알아볼게요."

"정말 대단한 물고기야."

주인이 말했다.

"그런 물고기는 정말 처음 봤어. 그리고 어제 네가 잡은 두 마리도 꽤 괜찮았지만."

"그까짓 것, 제가 잡은 물고기는 아무것도 아닌걸요."

소년은 말하다 말고 또다시 울기 시작했다.

"너도 무엇을 좀 마시겠니?"

주인이 물었다.

"아니요."

소년이 말했다.

"대신 사람들한테 산티아고 할아버지를 귀찮게 하지 말라고 전해 주세요. 곧 돌아올게요."

"내가 마음 아파하더라고 전해다오."

"네, 고맙습니다."

소년이 고개를 끄덕이며 말했다.

소년은 뜨거운 커피가 든 깡통을 조심스럽게 들고 노인의 판잣집으로 갔다. 그리고 노인이 깰 때까지 가만히 앉아 옆을 지켰다. 노인은 딱 한 번 잠을 깰 듯했지만 다시 깊은 잠에 빠져들었다. 소년은 조용히 밖으로 나갔다. 길 건너편으로 가서 나무를 얻어 와 식어 버린 커피를 따뜻하게 데웠다.

마침내 노인이 깨어났다.

"일어나지 마세요."

소년이 걱정스럽게 말했다.

"우선 이걸 좀 마시세요."

소년은 잔에 커피를 조금 따랐다.

노인은 그것을 받아서 마셨다.

"마놀린, 그놈들한테 내가 완전히 졌어."

노인이 말했다.

"정말 놈들에게 지고 말았어."

"하지만 물고기가 할아버지를 이긴 건 아니었어요. 잡아 온 물고기는 아니라는 말이에요."

"그렇지, 정말. 내가 놈들에게 완전히 진 것은 나중 일이었어."

"페드리코가 배와 어구를 점검하고 있어요. 물고기 머리는 어떻게 할까요?"

"페드리코에게 잘라서 물고기 덫으로 쓰라고 해."

"그 창날 부리는요?"

"가지고 싶거든 네가 가지렴."

"좋아요. 정말 가지고 싶어요."

소년이 말했다.

"이제 그 일을 잊고 우리는 다른 계획을 세워야지요."

"모두들 나를 찾았니?"

"물론이에요. 해안 경비대와 비행기까지 동원됐는걸요."

"하지만 바다는 무척 크고 배는 작으니까 찾기 어렵지."

노인은 말했다. 순간 노인은 새로운 사실을 뼈저리게 깨달았다. 자신과 바다만을 상대로 대화를 하다가 진짜 이야기를 나눌 상대가 있다는 것이 얼마나 즐거운 일인지를 말이다.

"그동안 네가 얼마나 그리웠는지 몰라."

노인은 이어 말했다.

"너는 뭘 좀 잡았니?"

"첫날은 한 마리, 둘째 날에도 한 마리, 그리고 셋째 날은 두 마리를 잡았어요."

"오, 잘했구나."

"이제 우리 함께 물고기를 잡으러 다녀요."

"아니야, 안 돼. 나는 운이 없어. 더 이상 운이 따르지 않는 사람인가 봐."

"아니, 운이라니요?"

소년이 의아하다는 표정으로 말했다.

"그런 소리 마세요. 그렇다면 이제부터는 내가 운을 가지고 갈게요."

"너희 가족들이 뭐라고 하지 않을까?"

"상관없어요. 나는 어제 두 마리를 잡았어요. 하지만 아직 더 배울 것이 많아요. 그러니까 이제부터 저랑 같이 나가요, 네?"

"좋은 고기잡이용 작살을 하나 구해서 늘 배에 싣고 다녀야겠어. 아마 고물 포드 차의 스프링 조각을 이용하면 날을 만들 수 있을 거야. 과나바코아(아바나 만 근처에 있는 쿠바의 도시. 유럽인들이 가장 먼저 정착한 곳이며 지금은 아바나의 일부로 편입되었다_옮긴이)에 가서 갈아 오면 돼. 아주 날카로워야 한단다. 부러지기 쉬우니까 너무 많이 벼리지는 마. 내 칼은 이미 부러졌어."

"제가 다른 칼을 하나 더 구해다 드리고 스프링도 갈아 올게요. 이 거센 강풍 브리사는 며칠이나 계속될까요?"

"사흘은 불겠지. 어쩌면 좀 더 오래 불지도 모르겠다."

"제가 무엇이든지 잘 챙겨 놓을게요. 할아버지는 어서 그 손이 낫는 것에만 신경 쓰도록 하세요."

"손이야 어떻게 하면 되는지 알고 있으니까 별 문제는 아냐. 하지만 지난밤에 무엇인가 이상한 것을 뱉었는데 마치 가슴께 어디가 깨진 것 같은 느낌이 들었어."

"그것도 얼른 치료하세요."

소년이 말했다.

"누우세요, 할아버지. 제가 깨끗한 셔츠를 갖다 드릴게요. 뭔가 좀 드실 것도요."

"그리고 내가 없는 동안 온 신문이 있으면 아무것이나 좀 가져 다주렴."

노인이 말했다.

"저는 앞으로 할아버지께 배울 것이 많고, 할아버지는 뭐든지 다 가르쳐 주셔야 하니까 빨리 나으셔야 해요. 대체 그동안 얼마 나 고생하신 거예요?"

"좀 심하게 고생했지."

노인이 말했다.

"드실 음식과 신문을 가지고 올게요."

소년이 말했다.

"약방에 가서 손에 바를 약도 사 가지고 오겠습니다."

"페드리코에게 고기 머리는 가지라고 꼭 전해 주는 것을 잊지 마라."

"네, 잊지 않고 꼭 말할게요."

소년은 문 밖으로 나왔다. 그리고 닳아빠진 산호초 길을 내려가 면서 또다시 엉엉 울음을 터뜨렸다.

그날 오후, 테라스에는 관광단 일행이 도착했다. 빈 맥주 깡통과 죽은 물고기 꼬치구이가 흩어진 사이로 바다가 내려다보였다. 그들 중에 바다를 보고 있던 한 부인의 눈에 무엇인가가 띄었다. 항구 바깥쪽에서 동풍이 불어 쉴 새 없이 심한 파도가 일었는데, 그때마다 조류에 밀려 떠올랐다 흔들렸다 하는 거대한 꼬리가 달린, 엄청나게 길고 흰 뼈대가 보인 것이다.

"저것은 뭐예요?"

그녀가 웨이터에게 물었다. 그녀는 손끝으로 이제 조류에 쓸려 나가기만을 기다리고 있는, 쓰레기에 지나지 않는 커다란 물고기의 긴 등뼈를 가리키고 있었다.

"티뷰론(Tiburon, '상어'라는 뜻의 스페인어. 크고 사나운 상어를 가리킴_옮긴이)입니다."

웨이터가 말했다.

"상어의 일종이죠."

웨이터는 그동안 이 해변에서 일어났던 일을 설명하려 했다. 그러자 그녀가 호들갑스럽게 말했다.

"상어가 저렇게 멋있고 아름다운 꼬리를 가지고 있는 줄 몰랐네요."

"나도 몰랐어."

여자와 동행한 남자가 말했다.

그때 저쪽 길 위에 있는 판잣집에서 노인은 또다시 깊은 잠에 빠져 있었다. 그는 아직도 얼굴을 파묻은 채 엎드려서 잠을 잤다. 소년은 가만히 곁에 앉아서 노인을 지켜보았다. 노인은 사자 꿈을 꾸고 있었다.

World Classic writing book **02**

필사의 힘

헤밍웨이처럼 【노인과 바다】 따라쓰기

개정 1쇄 펴낸 날 2024년 4월 30일

원 작 어니스트 헤밍웨이
펴낸이 장영재
펴낸곳 (주)미르북컴퍼니
전 화 02)3141-4421
팩 스 0505-333-4428
등 록 2012년 3월 16일(제313-2012-81호)
주 소 서울시 마포구 성미산로32길 12, 2층 (우 03983)
이 메 일 sanhonjinju@naver.com
카 페 cafe.naver.com/mirbookcompany
S N S instagram.com/mirbooks